O —

editora Urutau

rua do cajú, 478,
jardim das cerejeiras
06724-015
cotia-sp (brasil)

rua manuel pacheco nobre, 128 - 5º esquerdo
2830-080
barreiro (setúbal)
portugal

[+351] 928053619 [portugal]
[+55] 11 9 4859 2 426 [brasil]

www.editoraurutau.com.br
contato@editoraurutau.com.br

[EDITORES]
tiago fabris rendelli & wladimir vaz
[COORDENAÇÃO DE REVISÃO]
debora ribeiro rendelli
[REVISÃO]
juliana palermo
[DIAGRAMAÇÃO]
victor h. azevedo

dados internacionais de catalogação na publicação (CIP) de acordo com ISBD

O48s oliveira, priscilla de
seu nome na minha boca / priscilla de oliveira. - cotia : urutau, 2023. 148 p. ; 13cm x 19cm.

ISBN: 978-65-5900-491-1

1. literatura brasileira. 2. prosa. I. título.

2023-996 CDD 869.985
CDU 869.0(81)

elaborado por vagner rodolfo da silva - CRB-8/9410

SEU NOME NA MINHA BOCA

PRISCILLA DE OLIVEIRA

[primeira edição]

URUTAU

maio de 2023

sumário

O SOM NÃO SAI

BONECA DA NOITE FEITA PARA QUEBRAR

As pessoas presentes são isto: desconhecidos. A música é boa, a tequila grátis é ruim, as roupas misturam um cheiro de praia com cheiro de perfume desses com propaganda abstrata, caríssimos, só que falsificados. Os desconhecidos são isto: dançam, beijo, erva, estrobo, abstrato. Não sei o que faço nesses trânsitos que inventei e que me convenci a chamar de compaixão ou que me convenci a chamar de perdão ou que talvez, colocando de uma maneira muito mais simples, me convenci a chamar de família para nunca desfazer o laço. Sou uma boneca com a cabeça de porcelana, bochechas pintadas, o corpo de pano. Costurada. Pintinhas no nariz. Os cabelos em nylon e os tons de roxo entregam tudo num conjunto adorável. Ele some incontrolável no meio das pessoas, e é nesse momento que a eminência acontece. Ele não está em parte alguma — entre as pessoas que dançam, beijo, erva, estrobo, abstrato —, e já não consigo lembrar por que me deixei estar aqui com quem passava sempre a mão em mim sem que eu, na inexistência de uma fuga ou luta, soubesse que deveria fazer algo contra. A mão ora na cozinha, ora a mão escorregando por trás, expandindo o terror no espaço apertado entre um dia e mais outro dia, e outro — a mão na cama, de noite, era uma sombra do estupro sistemático. Diga que não gosta. Fuga ou luta. O som não sai porque a boneca muda é a que agrada.

* * *

Meus pés tocam a rua e respiram qualquer liberdade desistente. É difícil lembrar como foi que saí lá da boate, mas a tal tequila grátis vinha misturada com água, esse aí é um fato que nunca esqueci. Se bem que não me lembro de me ver vendo a rua. Ao mesmo tempo, não lembro como peguei o ônibus até aquela cidade ou aonde iria dormir naquela cidade. Havia uma mistura com água? Naquele dia cheguei bem abaixo de mim porque se chega muito abaixo, sempre, na busca da morte, do estar-se vivo. Eu só queria que eles me amassem e, meu Deus, eu daria tudo, eu tenho compaixão, sou um Cristo imolado! Me deixe ser essa pessoa boa estufada de compaixão. Sou uma boneca sem peso, e vocês se divertem ao me ver caindo. O rosto quebra.

* * *

Mais à frente, resolvi acender um cigarro, porque fumava Marlboro azul na época. O vento do mar corria deliciosamente na noite, e a fumaça agora vai passar cinematográfica pelos meus olhos de vestido curto, só que era difícil de acender. Vento. Clic. Vento. Clic. Faísca. Meu corpo era bem feio. Cacete, agora vai, estala, faísca. Parei um pouco os movimentos na rodinha de ferro do isqueiro e pensei que, francamente, não devia ter deixado o cara lá sozinho, visto que ele tem problemas mentais, e, exatamente por isso, era bastante comum que me dissessem aquilo, que eu não deveria reclamar das mãos deles passando no corredor da cozinha, então pensa bem: como ele voltaria sem auxílio para o hotel? Clic. Clic. Faísca. Acende. A fumaça passando sobre os meus olhos, sobre o vestido dos olhos, sobre os pulmões. A fumaça flutuando no litoral fluminense.

— Ei! Como é que tá lá dentro?

A rua vazia de gente, e a areia ralando tudo sob os meus pés, o que tornava cada passo tão difícil de andar na rasteirinha: era muito pouca a iluminação municipal.

—Animado. Adulteraram o open bar, mas acho que ninguém percebeu.

—Quantos shots você tomou?

— Preciso ir.

— Não posso perguntar?

Não pode porque não se deve falar com estranhos em uma rua vazia, mas sou extremamente dócil, e logo se desenha um sorriso no rostinho frio.

— Amo essa música! Escuta... — vinha de longe, coloquei as mãos em concha perto do ouvido.

I am human and I need to be loved
Just like everybody else does

— ...?

— Tomei umas quatro tequilas de mentirinha, mas me fala aí: qual desses é seu carro? — apontei para a fila de veículos, todos eles muito jovens.

—Posso te dar a placa, e aí você procura.

Fomos parar num motel. Da mesma forma que não conhecia a cidade, eu nunca antes tinha visto o sujeito, mas você trouxe seu isqueiro? Porque o meu ficou sem gás. Sei que não devia tê-lo deixado lá sozinho e que talvez ele se perdesse e que talvez ele sofresse um acidente a caminho do hotel e que talvez estivesse morto num hospital naquele exato momento. Sou uma boa pessoa e então o perdoo. Torci para que ele estivesse morto e irreconhecível ou, melhor ainda, completamente morto e irreconhecível (num hospital, num necrotério, todo congelado) e, enquanto torcia, eu corria para fora do quarto, corria pelo corredor e onde passava dava pra ouvir gemidos de terceiros através de outras portas, e isso me assustou. Paralisava enquanto o cara me alcançava e até mesmo me segurava forte pelo braço e então começava a me levar de volta para dentro do quarto. De forma bastante razoável até ele perguntava: você sabe o quão cedo é agora?

—Não dou o cu, cara. É sério! O cu é especial para mim, me solta, estou guardando pra pessoa certa. É sério! —e eu me segurei, me atrelei às outras maçanetas, buscando fugir muito vagamente do que era inevitável, do que nem era possível recusar.

— Garota, olha pra cá, olha pra mim, você acha que vai conseguir um táxi a essa hora?

— Se você tentar algo que eu não quero, vou gritar. Se você não me deixar terminar de ouvir a música do Tears for Fears, eu vou gritar.

— Eu te levo de volta, mas vem aqui comigo. Te levo de volta em seguida de tudo, te levo incondicional.

— ...mas qual é seu carro?

Ele foi me puxando porta após porta, mas tão tão doce e compreensivo que chego a achar que queria muito me comer, me amar.

* * *

Anos depois. Rio.

Arrumei os cabelos refletida numa das paredes de metal lustradíssimas, num nível tal que seria um nível de transformar uma parede em um espelho, que é o que rola na estação do metrô Jardim Oceânico. Fui com cuidado (arrumando os cabelos, usando os dedos em pente) porque tinha acabado de pintar as unhas de vermelho nas cadeiras de espera da Cardeal Arcoverde como quem espera super clichê a morte na plataforma, porque você sabe o fim, mas você quer ir no estilo. Não queria borrar o pintado vermelho. Já vivi muitas novas versões de Anna Karenina, entende? O que aprendi é que fica imposto por aí na cabeça e gira sem parar um imperativo do cuidado, porque senão facilmente uma coisinha de nada encosta e arruína tudo. Passa então o pincel na unha. Arruma os cabelos no metal refletido.

— Qual seu carro? *...texting*

Ele respondeu só assim "um Toyota", e foi inevitável aquela sensação familiar, aquela mesma fantasia recorrente de estar morta numa poça de sangue ao lado de um RAV4 Toyota igualzinho aconteceu na série documental sobre o cara que foi preso talvez injustamente e que está lá preso até hoje, talvez injustamente, mas a garota mesmo está morta sem sombra de dúvidas. Cinco minutos depois, entrei no SW4 Toyota e entendi os motivos de ele preferir não ter revelado a ficha do veículo; de ter passado somente a placa, somente a placa como se fosse um Uber que a gente chama pra vizinha, somente para não parecer indelicado sair por aí aventando sobre seu SW4 novíssimo, com computador de bordo, com sensor de ré de visão noturna, banco do motorista com ajuste elétrico, partida por botão. Era pra não dar bandeira de ter grana, de ser esses meninos bem nascidos da Barra justamente porque ele tinha a grana e porque ele era um desses meninos levemente acima do peso, muito bem nascidos no bairro de plástico da Barra. Mas era agradável o carro. Visão noturna. O cara agradável com sua conversa agradável sobre não comer mais carboidratos enquanto meu coração saía pela boca involuntariamente passando pelas ruas arborizadas que eu não conhecia e depois comecei a conhecer, as ruas em que você mora, meu amor.

* * *

Chegamos no apartamento bem localizado, e o clima continuava ótimo. Ele mostrou o armário de bebidas, e preparei um gin, uma criação autoral minha baseada em laranja e outros aromas improvisados. Dois, porque ele mandou.

Tínhamos conversado longamente sobre tudo bem antes desse encontro, entende? Estabelecemos todos os termos por escrito, formalmente, tudo como tem de ser feito, o que pode, o que eu não quero de jeito nenhum, tipo clips nos mamilos e chupar pés, tudo o que pode ser endereçado aos dois. Foi tudo na conformidade bilateral, e veio uma *safeword*. Sem demais embaraços, expus minha anuência verbal adicionando o zimbro e a tônica à seção temporária de poder. Eu tava a fim.

Ele fez que ok só com a cabeça e me beijou se aproximando num passo com o corpo meio pequeno, e esse foi o único beijo longo da noite toda, mas foi macio enquanto apontava para qual gaveta eu deveria abrir. Não entendi bem isso de abrir gavetas. Curioso. Essa? Não. A de baixo? Sim. Abri e eram mil objetos, mil acessórios, e eu pensando que o bom e velho sexo orgânico era maravilhoso, mas, meu Deus, como lá dentro da minha cabeça o velho sexo primal poderia sobreviver ao ferro ou ao plástico ou ao couro? É clichê. Quer dizer, o inventário de cordas e de mordaças e de chicotes e plugs ou mesmo de barras de contenção dos membros (inferiores ou superiores, ele explicou sem a menor necessidade), era gigantesco! (clichê) e atestava com claridade que o bom sexo básico, aquela poesia explosiva dos corpos e somente dos corpos sem romance, do suor, do acaso, do simples... aquilo tudo era o tipo de coisa que ia sair voando pela janela.

Agora abre a outra, mas abri a gaveta errada. Não é essa, e o tapa na bunda fazendo ricochetear um estalo acústico nas paredes, e o joelho sendo derrubado no atrito de um chão com tapete, e o boquete com o pau batendo repetitivo direto na garganta até quase sufocar ou quase chegar no vômito enquanto a lágrima cai derrubando o rímel. Não sei se você entende. Entende? É realmente muito bom de um jeito pouco razoável, mas muito bom, com um efeito calmante, um alívio de se ir deixando deslizar, e o cara anuncia protocolarmente eu vou meter no cu, e eu pensando ok, e ele no cu dizendo ótimo que isso é coisa de vagabunda e nossa como você aguenta direitinho e não acredito e vou gozar oh meu Deus é muito apertado sua puta e isso mesmo sua piranha, e eu segurando as nádegas e pensando no silêncio profundamente provocado pelo balançar das cortinas do quarto que não fazia parte do mundo, mas parte de um mundo feito de lixo, e eu desenho os contornos das letras no lixo nessa fantasia inalcançável, com cortinas balançando numa brisa. Eu vou analisando as cortinas fazendo ondas, eu vou descrevendo todo um mundo que apodreceu, até que ele possa se tornar algo bem estranho, mas bonito. O desenho do contorno das letras. Mas essa noite nem fazia parte do mundo, e o mundo diz não ser capaz de entender ou meus textos herméticos ou meu nível de profissionalismo no anal. Mas bem, vejo tudo isso como um dom e começo a ver essa possibilidade de existir o mundo fora do imundo, apesar de que nesses pequenos segundos aqui nada disso importa, porque nunca mais existirá você e eu.

Enfim, afora esses pormenores, o cara gozou umas quatro vezes. Gozei meia vez. Faltou presença. Meia vez. A conta desequilibrada, mas tranquilo, sério mesmo, porque isso nem é nada, primeiro porque que ele foi imensamente gentil, e segundo porque a verdade inscrita versa sobre o não há nada acima do prazer que devo dar aos homens. Eu sempre dei.

* * *

O carro cruzou a cidade na noite de volta pro meu apartamento no condomínio clube. Os cabelos muito bagunçados pelas mãos cheias de vontade de puxar cabelos; puxados, lindíssimos, e o motorista perguntando se a senhora quer água, se a senhora quer que eu diminua o ar, se a senhora quer que eu mude a música? A senhora só queria abrir a janela, e o Aterro do Flamengo passou muito rápido lá fora. O cara tinha seu próprio motorista, e, se a euforia que sai através da boca não revela minha verdadeira natureza, então eu nem sei mais o que revelaria. Entenda que você nasceu pros homens, pra rua, pro vento frio e rápido da noite, pros cabelos voando contra o rosto, sempre servindo, sempre sempre caindo, menina. A boneca esfregou o rosto no chão, o rosto frágil já muito colado e recolado após inúmeras quedas onde se espalhou efusiva para a diversão de todos que a amam no seu corpo de pano todo costurado. Talvez faltassem uns pedacinhos da cabeça aqui e ali, mas nem era realmente perceptível. Chinesa, vestida ou nua, dócil, porcelana fosca, oca. Esse é o vento da queda quando se estabelece o fim do próprio ser. As mãos frias passando os dedos-pente nos cabelos de plástico num gesto tão preciso quanto eventual.

— A senhora pode avisar que te deixei em casa com segurança?

— Posso. Aí eu sorri.

Você foi feita exatamente para isso. Você é perfeita.

UMA CRIANÇA FRÁGIL

1. Rolando na areia

Calcinha fazendo marquinha de elástico por cima de uma marquinha de bronzeado anterior. Tudo planejado como uma cozinha do Alto Leblon, tudo perfeito. Ela deitou calma e cansada como a história pedia: de bruços, bagunçando meu apartamento como um todo. O vidro da janela era muito grande e sempre me dava preguiça de limpar, e aí o vidro ficou ainda mais embaçado. Pensei em penetração simplesmente, sem protocolos, porque ela não fazia ideia do que era aquela visão pousada na minha própria cama. Você virada num país estrangeiro e confuso onde eu vou, mas onde não conseguiria pedir um copo de água por não dominar as regras básicas do idioma local. Fico ali parado vendo sua boca se mexer em palavras que eu não entendo completamente por causa da diferença de fuso horário e também da colocação dos pronomes na sua língua. Quer dizer, eu a ouvia, mas só ouvia aquele modo dela cansada, triste e vidro embaçado. Parcialmente. Inevitável que fosse uma audição parcial, é o que posso dizer em minha defesa. Se minha cabeça estivesse entre as suas pernas, eu ainda ouviria algo? Ouviria ainda menos. A ideia soou elegante.

O problema era o corpo, né?, me agradava. Num papo sobre a noite, sobre qual sua cidade favorita, ela emendou uma história sobre um táxi que precisava pegar, aí o táxi parou, e ela disse que não tinha dinheiro de verdade, só de plástico. Por causa disso, ela nunca mais pegara um táxi. O motorista disse que pode passar no cartão, princesa, e já de cara saquei que a coisa não terminaria bem. Táxi. Táxi. Ela sentou no banco da frente porque era amigável e fez a viagem da Rio Branco — altura da Rua do Ouvidor — até a Urca — altura do Bondinho. A corrida saiu de graça; ele apertou as coxas dela — altura do Mourisco —, explicando que quando a mulher senta no banco da frente era porque ela tava a fim, e aí o destino chegou, e ela abriu a porta saindo bem rápido com o coração disparado só restando lá os cotovelos na beira da janela do veículo cantando os números falsos do que seria seu próprio telefone, mostrando os dentes care free, evitando diplomaticamente virar estatística na noite carioca, logo ali no estacionamento da Praia Vermelha e acenou se afastando afiançada na promessa de que ia rolar algo politicamente consentido dia desses. Dia desses. Ok que se sentiu gostosa, mas se sentiu mal.

— Desde então, nunca mais peguei um táxi e nunca mais sentei num banco da frente. Preciso parar de ser estuprada, não é? — ela gargalhou.

A essa altura eu já estava pedindo qualquer ação violenta prática para tampar o sangue do meu bem. Tinha uma bala alojada bem entre as costelas da mulher que eu queria amar. Permaneci paralisado. Peguei então nas suas mãos. Eu não gargalhei.

* * *

Sentei na areia e fiquei pensando que as outras crianças eram felizes. As outras crianças tinham mãe. A onda veio e me derrubou de forma que hoje percebo como idiota. Rolei feito papel amassado. Uma vez. Três vezes. Fiquei ali feito um fantoche, totalmente solitário e molhado enquanto minha dona orquestrava qualquer fuga. De mim. Eu queimava no sol. Ela tinha me visto, mas, sei lá, parecia não tomar conhecimento de que era eu lá chorando envergonhado. Não tomava conhecimento, bebericando mais um trago do cigarro no maiô amarelo sob uma barraca super bem fincada. Balançava devagarzinho no vento. A barraca, quero dizer.

Se as coisas fossem diferentes, se você fosse minha mãe... Esse seu jeito diligente e organizado, e com seus sorrisos. Você me deixaria ser empurrado pelas ondas? O sangue caía no meu rosto, e ficou difícil enxergar. Você me deixaria lá sozinho? Não! Não, você correria sem que existisse qualquer outra razão no mundo pra correr e me pegaria e me apertaria contra sua barriga com beijinhos na testa e uma pequena bronca nervosa sobre como eu precisava tomar cuidado. Seria a maior sorte de uma criança. Nossos filhos teriam isso, porque era você.

— …e, se você pensar, é sobre uma situação de segurança e compreensão, mas ele chama isso de estar debaixo da ponte. Ele não é um desassistido, concorda? Na minha visão, é isso.

Eu concordei. Eu diria qualquer coisa. Eu concordei.

Moça impiedosa, colocando o mamilo em cima da minha cara, e eu comecei a cheirar o mamilo e não poderia ficar sem nada na boca, então ela me serviu os dois. Na minha mente. Na minha mente eu queria conversar e sentir que podíamos ser completos idiotas na Rua do Ouvidor, de mãos dadas e nada daquele estilo Dostoievski/literatura trágica latina, nada daquilo nos perseguia, nada estaria por perto. Por exemplo, o mendigo que a beijara na rua aos 11 anos. Não estaria. Nem mesmo o rapaz da boate que lhe enfiara os dedos atrás da caixa de som (aos 15), nem o cara daquele outro dia (aos 26), nem o outro, ou mesmo o outro. Aquele. Lembrei que talvez não pudesse matar o cara no Aterro porque em pleno bloco de Carnaval fica mais complicado, mas todo o elenco restante eu poderia sim enforcar, suas memórias, identidades, enforcar com o antebraço. Diga que sim, que posso. Duraria o quê? Uns dez minutos mais ou menos, o cara ali se debatendo, o pescoço ficando roxo, meu suor nervoso entrando no nariz, é um trabalho que demora, as pernas sacudindo em movimentos involuntários, mas eu o soltaria súbito, e ele nunca mais falaria. A destruição das cordas vocais. Ser estrangulado não é como nos filmes, nunca se sai ileso. Eu sabia disso porque minha mãe me ensinou.

Eu queria era ela. A marca arquitetônica do bronzeado sob a marca do elástico. Qual era a necessidade daquilo tudo? Daquela bunda? Biquíni de fita no sábado, treino de glúteos às terças. Ela fazia de propósito, e o propósito era a minha morte! Quero seu corpo e sua mente, criatura. Agora? Quero seu abraço e você dizendo que vai ficar tudo bem, também sorrindo nervosa, olhos molhados dizendo: você precisa tomar mais cuidado!

No fundo do mar

Pedi a conta perturbado e parece que escondi bem tudo o que se passava na minha cabeça. Perturbado. A barriga dela subindo e descendo tão deitada embaixo do meu corpo, a calcinha ali, e ela não queria tirar a calcinha, o que achei alarmante porque era necessário usar os dedos para enganchar e esticar as revelações, e eu queria uma conversa razoável, me fale sobre seus grandes sonhos, precisava de outros pontos, outros detalhes, certos pudores, porque estava fisicamente inquieto ou com um tesão além do necessário, mas continuava ali comendo por trás, e ela gemendo na beira da cama, derretendo, com as mãos escorregando, o corpo chegando no chão, e eu dizendo levanta, fica como eu mandei. Detesto que mexam nas minhas coisas. E ela dizendo eu não consigo levantar, e eu a recolhendo e metendo, e ela você me ama? E eu te amo há tanto tempo e vou te machucar, mas não agora, juro.

* * *

Nossos acordos eram bem definidos. Você precisa ir, já deu sua hora. Lamentei, mas quase não fiz nenhum movimento. Já fiz muitos movimentos, e foi tudo em vão. A água veio batendo no meu corpo misturada com pedras e areias grossas. Foi por isso que fiquei parado, surdo, porque faltaram forças, porque parecia melhor esperar antes de resistir ou porque não tinha jeito mesmo. Eu deveria estar morto, foi o que achei. Morra agora. Não havia motivos para um movimento, e me deixei levar. Foi quando meus braços começaram a ser cortados pelas conchas e corais e areias muito grossas no fundo do mar; foi só nesse instante que voltei. Foi um pouco antes de bater com a cabeça contra uma pedra. Mal pude acreditar na explosão de brilhos e tinta vermelha que me veio. Nunca mais.

— Você vai ficar no apartamento das suas amigas mesmo?

— Sim! Sim! Tem sido ótimo ficar por lá.

Peguei a chave do carro a tempo de cheirar o ar, antes que você desaparecesse.

A sala cheia de gente e de latas de Stella meticulosamente empilhadas num prédio de biricutico delivery. Tudo pelo chão, pelos de gato no chão e livros do Grasmci no chão numa juntada de clichês necessários à nação. Tava na cara que ela saiu de casa pra dar. Acabou que ela passou direto pelas pessoas e dormiu pesado. Sonhou com o quão incômodo era morrer tantas vezes e toda vez do mesmo jeito: por puro azar. Mas dessa vez não, seria bem diferente. Precisou prometer isso.

2. Questões clássicas na hora da morte

Essas pessoas vão estar sempre por perto, entretanto deixei passar e torci para que não estivessem perto nunca. Recebi um beijo na bochecha. Dois. Dezoito. O luto ali impresso no meu papel de filho, e jamais eu fora tão importante. Os anciãos se derretendo em lágrimas, e eu oferecia uma caixa de lenço Kleenex, afagava cabeças e mãos rugosas. A vida é um sopro. As flores cobriam o corpo todo no caixão, e me perguntei se de fato haviam colocado a roupa que indiquei. Era um vestido em cetim azul, extremamente alegre, um presente meu, sob medida, que ela usara uma única vez. Deviam ter roubado o vestido, aqueles putos, porque não aparecia ali nem uma pequena parte, nem uma nesga, sob as toneladas de crisântemo, e também a prótese do dente roubaram, pra que, meu Deus?, sempre pode haver um dente de ouro. Provavelmente estofaram a boca com algodão substituindo assim a prótese, porque a aparência da cara estava preservada, diria até preenchida. Também, sem dúvida, na parte da tarde, levariam as flores que eu comprara em nome da família, em nome de duas tias insistentes. Traziam lindos dizeres pré-moldados e honestos, que recordariam a solenidade daquelas horas, mas é que o pensamento do roubo e as conversas sobre roubos são já tradicionais e, inclusive, muito bem-vistas nessas situações de velório. Somente por essa razão, fiz minha parte, trouxe a pauta, fui num canto e sussurrei em ouvidos de Fulano e Sicrano que com certeza levaram a prótese inteira, era uma ponte, vibrei em alguma cólera, esses caras são uns safados e uns vagabundos incapazes de respeitar a dor das famílias, arrancando das coroas de rosas caríssimas frases vindas do coração e substituindo por outras (frases) que falariam ao coração de outras famílias. A médica legista recitando a causa mortis no escritório do hospital bem equipado, com Tia Marcelene no meu celular, com o celular tremendo contínuo, Tia Marcelene perguntando das opções de flores junto com a voz de tia Helena ao fundo e, na questão da frase "Iremos um dia, na Glória dos céus, nos encontrar", perguntava qual era o preço. Embolia pulmonar. Se parcelavam a coroa de flores no Visa. Tudo ao mesmo tempo, e acabou que o iPhone caiu da mesa da tal médica, fraturando gravemente o canto inferior esquerdo. A vida é um sopro.

A morte nem foi pela doença, foi pela outra doença que afetou a primeira doença, ela buscou clarificar. A rubrica vem aqui, e é aqui também, isso, nesse xis. Assinei os documentos necessários e escolhi frases aleatórias para serem postas nas caralhas das flores sem entender exatamente a composição ou a decomposição dos arranjos no toque do meu telefone. A Apple Store cobraria um valor insano num conserto que, olhando com mais calma agora, era realmente simples. São uns vagabundos mesmo!, ensaiei.

Uma criança frágil

O dever de um filho segue. A queda definitiva do patriarca e da matriarca confere esse pequeno sabor de poder no rebento único que contém o próprio centro do dever: nomes escritos em papéis, pagamentos, abertura de inventário, conversas baixas, contadores. Mas tudo começa antes, bem antes, com os médicos distribuindo previsões tristíssimas, cirurgias arriscadas e aparelhos ruidosos com você ali embalado em uma formidável dignidade de quem foi tocado pela necessidade de lidar e liderar o cotidiano da morte. Confortável e razoável. *Tão jovem e ele era uma criança tão frágil, esquisita, mas agora tomou corpo e ganhou aquilo, aquele prêmio. Qual o nome? Virou um homem muito bonito, pena que aquele casamento não durou, né? Divorciar hoje em dia é tão mais fácil, não é, Marce?*

Ela estava morta. Eu comemorava. Comecei a comemorar quando a vi desmaiando em questões de segundos no próprio quarto pouco ventilado (sempre); a cama com espelhos na cabeceira, e ela liquefazendo em cima dos meus pés, e eu pensando que desespero e que maravilha, a cama com espelhos na cabeceira mostrando as luzes da varanda, os pássaros cantando na gaiola, a mulher-líquido no chão. E fui um bom filho. Fui humano acima da minha própria humanidade, me mantive acima de mim e junto dela na ambulância dizendo que ia ficar tudo bem, contando piadas que ninguém ouviu e oferendando todo aquele apoio inevitável, acima da minha própria humanidade, enquanto a praia e o trânsito iam passando pela janela diante dos meus piores desejos, e o dia indo embora no quarto que era realmente grande para uma pessoa, incluindo três cachorros! O quarto do hospital-particular-hotel-boutique-spa com refrigeração a 18 graus. Ela caída no chão convulsionada. Morra! Exclamação!

Ela foi ficando roxa diante dos meus olhos, e eu por que não? Me diz. Quantas vezes fui eu ali naquele lugarzinho? Quantas? Naquele lugarzinho em que ela decidia se eu vivia ou se eu morria. Tão diante ou abaixo dela e agora já azul de frio ou terror, mas não, você não faria isso com nossos filhos. Você não. Você, meu amor, os amaria em beijos nos rostos satisfeitos com a própria infância, e diriam que mamãe você é a melhor mãe do mundo quando a hora da escola chegasse e o pente corresse sobre suas cabeças ajeitando tudo. Sempre muito doce, você. Seria assim.

Prima Lilian é pedófila

Mas minha prima finalmente surgiu na vez da fila e me abraçou. *Ela era uma mulher tão difícil, amore! Cê foi forte em todos esses dias no hospital e naquela casa, tadinho, vem cá.* O véu no rosto conferia aquilo mesmo, drama. Quem usa renda na cara em enterro hoje em dia? Queria era aparecer conferida num ar de Carnaval. *Ela era difícil, amore! Ela odiava ser mãe, e eu tentava justificar, mas é foda quando você é o filho que se fodeu.* Sim, o que foi enredado numa merda federal de problemas com a mamãe porque ela não o queria e fingia que ele não existia na praia, e a criança batendo a cabeça na pedra diversas vezes ou nas diversas vezes dos tapas no braço (na cara) na formatura da quarta série. Sério, a compaixão para com o outro é um exercício impossível quando não se impõe um grau mínimo de afastamento. Ali, no meio do bagulho todo, ia se reservar o direito ao ressentimento e à vingança saciada que o acolhiam como uma patologia de pelúcia.

Você apareceu vinte minutos antes de fecharem o caixão. Quis te comer na hora em que apareceu no corredor da capela (a obscenidade frequente e repetitiva daquela visão na minha própria cama). Os passos vacilantes, o rostinho de dúvida me procurando, o perfume de atraso, a saia comprida e o casaco de couro acinturado. Olho pintado, toda gótica suave. Minha família te adorou naquele *dress code* tão respeitoso. Normalmente acho a opinião deles grandes merda, mas naquela hora eu sei lá, parei para ouvir envaidecido aqueles pequenos seres tecendo os melhores comentários sobre minha mulher. Quando você dobrou o corredor da capela, recitei pra mim que era melhor nem ouvir sua voz, que meu pau ia se perder e revelar tudo, revelar o quanto eu precisava do transporte do seu corpo, do transporte do seu corpo me deixando apartado da contagem do tempo numa existência linda e limpa, mas veja que o problema é o desejo pelo desastre final, este estacionado nos olhos tampados de renda da Prima Lilian. Ela poderia envenenar até mesmo minha visão excitada e graciosa de você? Sim. É que, mesmo longe do álcool, do Marlboro vermelho e do pó há quase uma década, mesmo na contenção de conhecidos impulsos incontroláveis de opiniões jamais pedidas, ela com certeza seria compelida ao comentário sobre meu pau óbvio e sobre a cabeça do meu pau óbvio aparecendo sob a calça jeans, desafiando a camisa de botões que escolhi com cuidado, e Prima Lilian ia ler para todos os presentes seu discurso de enterro adicionando parágrafos, sentenças, misturando que colocara meu pau na boca roçando lentamente a cabeça na sua língua pra provar o gasto e o gosto no seu inseparável *lip balm*, depois foi lambendo feito um gato recém-nascido o corpo do pau, quero dizer, e ela ali começando pela cabeça ao invés de outros locais menos golpe baixo, menos querendo te fazer gozar logo, digamos, a virilha. Não, ela foi direto na cabeça, predadora catalogada, e levou logo tudo pra garganta me olhando os olhos, sem véu, e os olhos diziam olha o que eu sei fazer, menininho esquisito que vai na psicóloga duas vezes por semana, e eu puxando os cabelos dela, apavorado e pensando pare, mas pra que parar, não é mesmo? Aguentei uns parcos cinco minutos porque a idade do homem é isso, um conjunto de gozos em cinco minutos aos 14 anos, mas que vão ficando realmente espaçados no avançar dos anos.

— Que Deus a receba no céu com a mesma alegria que ela espalhou aqui entre nós.

E a porra espalhando pela cara dela, e ela recolhendo com os dedos, com os dedos! Entendam! Com os dedos, e levando a porra pra boca, eu não entendi, quero dizer, talvez ela quisesse escovar os dentes com a porra, só que o caixão era mais pesado do que imaginei, e os caboclos do cemitério perguntando se podiam fechar a tampa ou se deviam jogar a terra, e eu ordenando façam aí o que for mais correto, bora encerrar esses ciclos de indignidade, muito hipnotizado pela prima Lilian mostrando sua instalação performática espalhando a porra pelo seio e começando a se tocar, e eu já querendo recomeçar tudo novamente, mordendo minha boca com uma espinha inflamada, lembro.

Impulso irremediável

Ela me abraçou, a minha mulher. Prima Lilian finalmente calada, impedida de me confundir com todo o barulho. Guardara o papel do discurso na bolsa (Miu Miu). Aquilo fora assédio, abuso, pedofilia, e chega um momento da vida em que é necessário não se estar confuso em relação a esses acontecimentos, ganhar distância segura, lembra? Mas aquele era eu, e eu estava bestamente escorregando entre os dentes dela, e foi difícil me perdoar. Nunca pude. Felizmente, e mais uma vez, você veio santificada ao meu socorro e me segurou contra seus peitos, porque minha mãe tinha morrido. Olhei no marrom escuro da sua pálpebra e pensei bem nos nossos filhos que existiriam dia desses. Nas listras azuis dos futuros testes de gravidez, e tudo seria consertado, depois do iPhone.

* * *

Você me deu a mão enquanto aguardávamos o Uber em frente à porta de vidro da funerária. Eu, francamente, não entendia essa visão que tinham de mim todas essas pessoas acima de mim. Todos acima de mim. Cervo caminhando na beira de qualquer rio porque eles vinham e atiravam. Com o tempo comecei a pensar que gostava. Da atenção, dos carinhos daquelas muitas mulheres sempre presentes e dos presentes que davam a troco de outros presentes e dos afagos reais e irreais contidos nas tardes de lanches piedosos na cozinha. Dos tiros, porque prestavam muita atenção em mim entre a fumaça e o estampido. Meu ódio só não é maior hoje porque, de repente, eu tinha qualquer coisa no peito que os abusos sucessivos buscaram extrair, mas sem sucesso. Não era virtude. Era só um impulso irremediável para existir feito gente, agarrado pelas unhas a lampejos de afetos verdadeiros.

— Ela te amava demais — mentiu. — Conta comigo, viu? — mentiu. De perto dava pra ver melhor as marcas do tempo, as rugas cortando levemente a maçã do rosto, e aquilo em nada diminuía sua graça, ao contrário, porque

Prima Lilian com certeza havia aprendido novos truques. Ela não acreditaria nos novos truques que eu aprendi.

* * *

Prima Lilian, você sabe, sabe. Que você podia ter me salvado com seus braços morenos, me abraçando ao invés de ter... Um beijo na bochecha com o tule esfregando no meu rosto, um afago na minha mão e as unhas cirurgicamente pintadas em tons de bege. Amigável. Você cumprimenta minha mulher com um abraço de demora injustificável. A análise que faço é essa, a de que você se comporta o tempo todo como uma grande amiga, como uma velha amante, enquanto busco qualquer chance real de sobrevivência que cheire bem no mundo dos vivos.

Seu discurso ressoa distante agora, sua boca dava voltas na cabeça do meu pau, adicionadas as mãos. Aplausos. Todos dão seu último adeus como podem. Minha mãe nunca mais terá a chance narrativa de se redimir. Tem muita terra em cima da caixa brilhosa, firmemente aparafusada para conter fugas. Agora o chão vai ficar macio como quando se arranca uma árvore pela raiz e você pisa e afunda, mas não muito.

Minha namorada me sacudiu a mão sinalizando que era hora de ir; era o momento apressado da despedida.

O Uber dispara pela rua lisa assim que vira a curva de pedras do cemitério vendido como jardim. Te abrigo junto de mim e cheiro seus cabelos com muitos cachos. No banco de trás. Aperto um tufo com uma das mãos meio desajeitado, e a lágrima cai rapidamente porque eu nem devia estar vivo, meu amor. Eu sou um homem morto aguardando que percebam, mas tentando passar despercebido, e eu quero ser gente, qualquer coisa normal, ter esperanças. Você me olha com a cabeça e beija meu queixo passando os braços ou as asas ao redor da minha cintura. Você inverte tudo, de repente esse sou eu chorando com a cabeça na sua coxa enquanto você puxa meus cabelos me cheirando quando já estou cansado demais.

— Não se preocupa com nada. Você é meu agora.

Ela me olha lá no fundo do mar com os peixes.

COM OS OLHOS VENDADOS

A visão do chão era a seguinte: vê-se a janela. Através da janela, entrava a luz da lua e das estrelas iluminando a corda do varal que vai se estendendo bem no meio de tudo e algumas roupas secando e, um pouco mais à frente, um muro de tijolos semicoberto de concreto, descascando. Dava pra ver a moldura da janela e a sombra das camas infantis na parede, e nada mais tinha pra ver. Se virasse a cabeça, o que daria pra ver era somente um escuro muito muito profundo e dotado de um tempo ou espaço impossíveis de serem contados pela mente da criança.

* * *

Ela tremia como se convulsionada justamente porque não existia referência ali na sua mente para a lógica dos eventos presentes, da funcionalidade ou das razões que a colocavam naquele quarto de escuro muito, muito profundo, enquanto a senhorinha passava pelo corredor com as roupas em um cesto gigante. A luz do cigarro de repente brilhava e parecia uma nova estrela, amarela e mágica, e ela ia derramando algo pelo canto da boca obesa e negra, uma canção ou uma fumaça. Através da janela, ela aparecia trazendo horror, mas talvez dessa vez pudesse sair, talvez, talvez, talvez a deixasse sair.

— Os esqueletos, eles estão vindo. Os esqueletos estão vindo te pegar.

Piscou diversas vezes porque assim a lua ia desaparecer e as estrelas e o escuro do cigarro. Os esqueletos estavam chegando, amarelos, e ela convulsionava de pavor porque aí soube...

A escuridão foi interrompida por uma linha de luz vinda da sala junto com o pequeno corpo que se esgueirou pela fresta entrando no quarto só pela metade, e seu coração disparou, e a criança começou a se arrastar agilmente pelo chão em direção às botinhas Dr. Scholl's do menino grande que a olhava lá do alto com seu macacão jeans.

— Me deixe sair, me deixe sair, me ajude, imploro; tinha dito, não sei, é impossível saber o que se diz através do vidro quando a mente se parte numa série de sons imaginados que pensamos estar saindo de nossas próprias gargantas, mas não está. Ou está?

— Você tem que ficar aí, os esqueletos estão chegando — e assim ele saía e trancava novamente a porta. A menina levantou ofegante, indo verificar bestamente se a porta abria, mas suas mãozinhas são trêmulas de noite. Lá fora, a silhueta gorda da empregada gargalhava e tossia.

Tudo isso acaba muito rápido. Em razão de instantes, ouvíamos o som das chaves no portão de madeira do quintal, e a porta principal rangia por dentro, e todos iam parar na sala extremamente bem iluminada, numa marcação de cena, de janta posta, água fresca. O menino mais velho já estava posicionado. A família estava completa com a chegada da mãe, que trazia novidades e cansaço da rua, também algum dinheiro. Disseram que deveria correr e me sentar logo também, por que eu era tão lerda? E me sentei à mesa no silêncio enxugando o rosto no ruído alto que fazia dentro da cabeça. A sensação do rosto ficava suprimida. Lembrei a história da velinha que dormira sob efeito de uma medicação cotidiana muito forte e, por dormir muito, não havia alimentado o próprio cão no horário correto, daí o cão, por sua vez, comera sua cara. Felizmente, tudo havia acabado até amanhã.

* * *

Voltei àquela casa muitos anos depois, e a primeira coisa que veio foi o cheiro, que parecia o mesmo. Talvez por conta da vegetação local que permanecia a mesma. Havia a necessidade de somente sentir novamente, e sentir tudo. O fenômeno engraçado de chegar num lugar que antes parecia imenso e agora perceber que, na verdade, era tudo em miniatura, isso me atingiu e foi engraçado. Percorri o espaço para dar uma olhadinha em todos os cômodos já sem móveis, no azulejo marrom do lavabo, o limo da pia, e tudo estava distante. A janela do quarto das crianças permanecia fechada, mas a luminária da sala era a mesma.

* * *

Haviam existido sim boas memórias, brisas de felicidade, mas eu já tinha dado as costas para o que quer que fosse e, num instante, estava no carro. Já no outro, atravessava a calçada de volta para a casa puxando um carrinho. No carrinho, ia trepidando um galão de gasolina amarrado com um grosso elástico amarelo.

Passei pelo rangido da porta e comecei tudo na cozinha, dando atenção ao armário de mantimentos, ao corredor, e assim cheguei rapidamente à sala de jantar toda acarpetada ao estilo anos 80. Espalhei o combustível com diligência, otimizando, pacientemente. O mesmo no quarto do casal, no quarto das crianças. Imaginei as cortinas, atirei o líquido contra a parede coberta de papel e senti saudades. Haviam existido sim boas memórias, e me compadeci de todas elas e de mim e me senti febril, excitada, perfumada e finalmente feliz após tantos anos esperando por qualquer misericórdia divina ou qualquer coisa que comumente chamaremos de justiça. Dos homens, de Deus e todas as expressões lindíssimas ou inúteis a se dizer quando a esperança do escravo ainda existe, de que será liberto por uma carta registrada em cartório que diz que você pode ir para onde quiser agora, para onde seus pés levarem. Só que os dias passam, e a esperança do escravo deixa de existir após um longo período de abatimento ocorrido entre uma manhã e uma tarde de trabalho. Mas nós seremos livres! Finalmente, percebe-se que ninguém será perdoado ou esquecido, exceto nós.

O receio só apareceu mesmo nessa hora de acender o fogo, porque eu não queria que pegasse nas minhas mãos. Apenas nesse instante tive certo receio. Lavei então uma dezena de vezes entre os dedos, sob as unhas, e foi então que voltei ao ponto escolhido, — embora estivesse um pouco longe de mim mesma — para o quarto, e acendi um isqueiro. A chama azul e amarela formou um caminho super bonito ao meu redor, subindo rapidamente até o teto. Vendei os olhos tomando cuidado para não embolar nos cabelos, não me machucar, e fiquei abaixada muito quieta e tranquila, tão quente. Os esqueletos estão chegando.

* * *

— Eles me trancam no quarto quando de noite, e ela fica me dizendo que o monstro vai me pegar, e ele fica rindo de mim, ele não faz nada! Ele ajuda ela, e aí quando você chega eles acendem as luzes e fingem que não está acontecendo! Você precisa acreditar em mim.

— Ela nunca faria isso.

— Mas...

— Você precisa proteger a sua irmã.

— Mas, mãe! Se eu fizer algo, ela me bate!

— Ninguém vai te bater.

E novamente ela estava lá, porque mais uma noite chegou com as nuvens passando bem lentamente no céu. Era verão. Ficou abraçada nas próprias pernas magras, e esse é só o começo, garotinha. O começo é estranho e não pode ser medido, porque a perversidade naturalmente humana é, ao mesmo tempo, cotidiana e incomensurável.

* * *

A frestinha da porta novamente se expandiu revelando tudo o que havia lá fora, iluminado. As lágrimas tinham molhado muito seus cabelos que nem nunca molhavam, mas ela correu da própria paralisia que lhe gritava que você precisa esperar imóvel, e acendeu por ela mesma a luz e correu e gritou aterrorizada que não tinha mais medo e empurrou cadeiras e pernas pelo caminho sem nunca parar de gritar enquanto sentava à mesa imensa, pegava a colher e começava finalmente a jantar sopa.

DAVID

VIRILHA TOTAL CAVADA

Não dava pra sentir as árvores balançando porque as copas eram muito altas. Na parte de baixo sim, dava pra sentir tudo, que era quente, que era desconfortável com um chão meio pegajoso, meio afundando cada vez que eu dava um passo. Não consigo realmente explicar como me lembro de tantos detalhes, exatamente desse sonho.

As outras figuras caminhavam comigo: dois caras e uma mulher usando um vestido de caça vitoriano, com direito a chapeuzinho de abas e tudo. Não há o que se dizer sobre os homens porque os apaguei de qualquer possibilidade descritiva. Eram disformes. Aí tinha uma água correndo mais à frente na floresta super idílica, essa floresta com esse riozinho correndo, e a gente foi se aproximando de lá. Foi quando vi o sapo. Ele pulou. E fiquei olhando fascinada pro sapo e pensei que seria uma ideia muito boa pegar o sapo e segurá-lo porque todos veriam como sou cínica ou só extravagante ou só não tenho medo da verdade, mesmo quando ela aparece aos saltos na natureza.

Cheguei perto muito devagar, calculando a pressão exata necessária para agarrar o bicho sem feri-lo mas também sem que ele pudesse escapar, num cálculo cirúrgico.

Não era a primeira vez que eu fazia aquilo. Mais perto, agachada. Estiquei os braços num movimento rápido, e o coração explodindo num sentimento de não faça isso!, você não quer fazer isso!, você não precisa fazer isso!, corra!, mas fui lá e ataquei, só que o sapo pulou bem na hora, milésimos antes da minha própria ação, e veio pra cima de mim tomado de velocidade. Lançou-se entre as minhas pernas e se agarrou com seus dentes fortes no lábio genital esquerdo. Fui imediatamente preenchida por um pavor inédito. As lágrimas não saíram, nem o pedido de socorro. Senti um nojo avassalador por aquele ser escorregadio entre as minhas pernas, preso na minha genitália, e eu me movia pros lados sem coragem o suficiente para tocar nele porque ele era aquilo, nojo, gosma, escorregadio, entende? Meus companheiros da floresta não tinham rosto, mas talvez estivessem espantados. Não faziam nada pra ajudar. Nada. E eu precisava arrancar, eu não atinava o que fazer a seguir, talvez puxar o bicho, mas não queria que minha vagina fosse destruída. De novo não.

Do outro lado da linha, dava pra ouvir os barulhinhos do lápis correndo nas anotações do terapeuta, no papel. Silêncio.

— Mas que porra, que significa isso?!

Ele pareceu sorrir e entrou radiante no seu insight. Pôs-se a expor na voz suave umas teorias ou certezas a respeito do sonho. Eu ouvia, e, ouvindo, iam na minha cabeça rodando quais poderiam ser os motivos de eu estar nua em uma floresta quente ou de estar novamente elegendo um homem como terapeuta. A resposta era bem óbvia: sapos nem têm dentes.

* * *

O processo de derretimento começa na compra da panela. Ela não pode ser muito grande, porque senão fica difícil de guardar, e você vai precisar guardá-la longe das panelas oficiais do dia a dia doméstico. Uso exclusivo, não confundir. Também precisa ser meio funda ou a cera vai transbordar toda vez que for mexida. Eu faço a depilação sozinha. Nada contra clínicas de depilação, elas são incríveis e prestam um serviço humano que carece de maior admiração, mas me falta dinheiro ou talvez vontade de gastar dinheiro nisso aí. Dou meu jeito, e funciona.

A cera precisa ser derretida em fogo baixo e o ideal é que seja uma de boa qualidade. Gosto de derreter tudo, mexendo sempre com uma pequena pá de madeira estilo dessas estilo palito de picolé. Você vai perceber que existe uma demora pra derreter o negócio e vai perceber também, num sentimento infeliz, que tudo esfria e endurece muito rapidamente num desequilíbrio revoltante. Você vai perceber que isso vai te deixar puta e que haverá um profundo arrependimento de não ter ido buscar um local especializado para o serviço. Não deixe que essas sensações ou que a distância do fogão ou que os vizinhos te vendo passar sem calcinha pra lá e pra cá a abalem. Se você ferver uma boa quantidade de água e colocar numa forma de bolo, poderá colocar sua cera (para pele sensível) em banho-maria, e isso vai ser o suficiente pra manter o ponto do produto por um tempo minimamente justo. É um jeito de manter tudo num lance semiderretido por mais tempo.

Deito sobre um imenso papel pardo, porque não sou idiota de fazer depilação em cima do meu tapete, ou da minha cama, ou do meu sofá descobertos. Detesto que estraguem minhas coisas. E é aí que venho passando a cera imensamente quente sobre a totalidade da virilha, parte a parte. Não se esqueça de polvilhar a região com talco. Tudo ao seu redor vai ficar branco e enjoativamente cheiroso feito um quarto de velha esquecida. Os palavrões escapam no contato daquele troço quente com a vulva. Ela não é bonita, sabe? Não considero. Não é de revista, digamos assim, mas me ponho a aguardar o resfriamento das camadas de cera que posicionei com auxílio de uma espátula. Pernas abertas, pés escorados na cômoda do quarto, (o ventilador fica girando enquanto o suor vem e cai). Definitivamente não é uma vulva de revista.

* * *

Alcanço o telefone para não sentir as coisas, mas são coisas que sinto. O feed vai passando rapidamente, na ponta do dedo, e não consigo identificar o que eu estaria efetivamente vendo. Não me julgo por isso, mas abro o aplicativo das mensagens novamente e não deveria ter feito isso, porque nem tem nada de você pra mim — o que faz todo sentido se a gente observar que você tem estado ocupado. Bastante. Muito. O nosso tempo parecia tão certo, mas agora não, agora deu ruim, e sinto sua falta de uma maneira que é impossível de administrar. Faltam as ferramentas para isso, o *timmer* batendo, o cara é uma cocaína humana.

* * *

Pergunto novamente se você vem, via texto. A vida anda absurda e difícil para todos porque isso aqui é o apocalipse, porque o país sofre com o esfacelamento das instituições e porque começou a tomar forma dia desses, sem mais nem menos, uma série de infernos em miniaturas com meus problemas de um monte de pessoas morrendo ao mesmo tempo enquanto meu pai abre e fecha sem motivo o portão da garagem usando o controle remoto, seus problemas de trabalho com um monte de pessoas quase morrendo e aquilo de terem te trancado num porão sem crachá que passasse pela catraca, tudo financiado por jovens empreendedores com uma visão super cool do mercado contemporâneo. Os problemas biológicos de ordem global. Os microcosmos, as intimidades desagradáveis, as notícias de alcance nacional.

Tudo se amontoou e foi até compreensível, mas a cabeça individualmente nublou, e meu corpo começou a trair a si mesmo, e estou me debatendo, presa numa armadilha, desde que ficou claro que, claro, te amo, desgraça, e cada minuto sem saber se vou te ver ou que dia ou se vou ver, que horas, qual o tamanho da urgência, o que está escrito no preço do mercado que não consigo enxergar, quando que cê vai aparecer pra eu te ouvir reclamando?, e vejo sua boca se mexendo e penso como que pode esse gostoso ser tão inteligente nessas análises profundas sobre assuntos inúteis? E nem te conheço, mas seu rosto aparece nos desconhecidos da fila. Mil imagens obscenas bem na frente do meu olho, e do outro olho. Quero te fazer uma janta, quero te servir um copo de água e te escrever novas confidências enquanto você sussurra as suas, quero te ter passeando na piscina com pouca roupa e que todos assistam comigo a essa cena lenta e depois te vestir numa burca, colocar tapumes ao redor, *dont touch, it's art*. Por fim, assistimos a um filme. Por fim, eu durmo quieta enquanto você é barulhento, tomando todas as partes da cama, do meu corpo flácido, da minha cabecinha perturbada. Não tenho as ferramentas para estar no mundo quando acontece o amor. Não sei receber. Com o tempo, fui desaprendendo até mesmo a respirar.

* * *

O ideal é puxar de uma vez só enquanto você faz uma pressão bem firme na parte inferior. Arranque tudo desprovida de misericórdia! Respiro enquanto vai brotando mais suor. De dor. De sangue na superfície. Fico quente por dentro. De calor. Vou repetindo o processo quantas vezes forem necessárias até que não existam mais pelos, e, agora que não há mais pelos, se foram as preocupações. Sua alma toca o Paraíso dos biquínis asa delta 90s. Ela está automutilada, mas a mulher se sente muito bem.

* * *

Todos os estilhaços e pedaços grandes de cera usados, inertes, vão parar num pacote arranjado delicadamente no próprio papel pardo que era antes um protetor de superfícies. Tem em qualquer papelaria. Descarte. Banho. Óleo de coco para a remoção de todos os resíduos. Experimento uma calcinha, um sutiã e defino que o melhor é manter a combinação de parte de cima com parte de baixo, tudo que comprei essa semana, muito transparente. Tudo que imaginei essa semana, muito molhada. Sou seu pacote arranjado e besta, festivo, rindo na imaginação do seu corpo, da sua língua dura, da sua voz, da sua neurose, e não há nada mais que se possa fazer: a necessidade de tudo em você me deixa recheada de horror e delírio. A má notícia é que nunca tive nada de bom por muito tempo, e logo ia descobrir que também não teria você por muito tempo, já que surgiria aquele acontecimento péssimo algo da ordem do *out of the blue*, e essa coisa, essa coisa aconteceria e todas aquelas histórias e todo o tempo que fiquei esperando a história acontecer, riscando os dias na parede, ansiando aqui na beira do rio, veja, nada mais existe. Eu me jogo de joelhos na pedra com lama e coloco a cabeça dentro da água pra então começar a beber em desespero antes que o rio acabe ou só porque não existe controle sobre a sede, a sede nunca acaba, nunca é suficiente. É isso que me aterroriza.

Deito, e o sol da tarde desaparece deixando tudo com novas cores, da noite, mas pintei as unhas. Toda pronta pra você que não está aqui, nem vai chegar aqui numa razão dessas racionalmente compreensíveis, eu sei. É uma mensagem curta, e você diz que não vem. Você sabe quando vem? Você diz que não.

Assopro o esmalte que vai secar, assopro o sapo escorregadio machucando minha virilha. O sapo me come.

ESCRITOS RIDÍCULOS FEITOS PARA PESSOAS RIDICULAMENTE ROMÂNTICAS

1. Fenômeno meteorológico

Quando se fica muito perto do mar em um dia chuvoso, mas depois sem mais nem menos faz sol, acontece uma coisa na água, e essa coisa é extremamente ridícula, ela fica ali acima dos sonhos formando ondas, e eu olho pela janela lá no alto do precipício marítimo e vejo um arco-íris exatamente onde um arco-íris nasce, nas ondas. E penso imediatamente na refração da luz. Penso ainda em toda a ciência e em Newton flutuando antes de descobrir a gravidade. Vejo aquelas luzes coloridas me dando uma alegria fodida, explosiva, quando aparecem pairando sobre as águas num fenômeno meteorológico que qualquer criança sabe desenhar. É exatamente assim que me sinto quando você passa a mão na minha cintura e meu corpo desgoverna sem saber bem como dobrar a esquina. Seu olho me olha de lado sorrindo, e você diz *are we good?* Aqui entre stands de peças de computador e descontos imperdíveis, com você me apertando a roupa, se escondem todas as cores. É sério, cara, cuidado com essa mão aí.

2. Alimentação

Você ronca muito enquanto dorme com o corpo branco imenso espalhado na cama. De repente a cabeça vira e cai em cima do meu ouvido com as pernas e o ronco altíssimo movendo os travesseiros. Assim, acordo renovada e preparo um doce de maçã com canela no tempo nublado. Você gosta muito de comer, e aí comecei a refletir e coloquei tudo o que estava guardado no armário ao mesmo tempo em cima da mesa contendo critério algum. De calcinha na cozinha cortando maçãs, de calcinha na sala, e você dizendo espera só um pouco apoiando minhas mãos na cadeira, e meu rosto ardendo de vergonha e desejo, e comecei a refletir como pode ser tão gostoso assim esse cara de joelhos atrás de mim me chupando? E de onde ele tirou essa ideia da cadeira? Você aprova o gosto do doce, você aprova o gosto do meu gozo. Você gosta muito de comer.

* * *

Mas é que as noites definharam desde que não te vi mais. Meu corpo dilatado na cama aguardando que um milagre traga de volta o ronco altíssimo que fazia minha cabeça tremer e silencie permanentemente esse som escroto, mudo, que é um pavor. É uma sensação do ausente.

3. Queria saber escrever poema de amor igual Borges

Exigira muito do contador de palavras se eu contasse exatamente a coisa doida que aconteceu quando você segurou minha mão naquela primeira vez. Logo eu, logo você, vadia das noites, criança cheia de machucados, corredor da escola, garrafa de vodca, brigando com os seguranças, sambando sozinha no Carnaval, ordenando pessoas, pagando pessoas, puxando o tapete de pessoas, gargalhando, recusando convites, exposta, na noite de novo, enrolando um base pra homens importantes que eram importantes e agora eles revelam sua completa irrelevância. Ou todos os toques e promessas de toques, ou todas as audições e promessas de performance, todos os mundos e todos os poderes ou prazeres conhecidos até o momento viraram um emaranhado de vários nada, de complexos porra nenhuma agora que você pegou minha mão como se isso fosse normal. Nada disso é normal. Você caminhando, e as mãos juntas no caos da listagem dos eventos feito o poema do Borges, e eu transitando entre o pânico e a paz da fricção dos nossos dedos, o meu polegar suando, ensaiando fugas, e o seu indicador buscando apertar mais ainda o entorno dos desejos. Nunca me senti tão protegida pisando num chão. Começou o contador de palavras explodindo enquanto eu ficava ali tentando descrever.

Delícia e terror

Se eu começasse a chorar quando você mete em mim, mete e diz que não sabe como parar. Você precisa parar com isso. Porque começo a sangrar, nunca tive isso, e começo a sangrar em qualquer coisa que seria meu coração ou que seriam minhas fantasias pré-adolescentes (a descoberta do corpo de menina, e eu passava a mão no meu rosto e pensava como era possível uma menina tão feia morar dentro daquele espelho?). Um sangue que vem posterior ao medo que se sente ao atravessar a rua e vem um carro longe, mas o carro está muito perto e se percebe que existe pouca distância vindo em sua direção: há somente uma luz infungível. Se eu começasse a chorar quando sai um som da sua garganta dizendo algo cotidiano, num lugar cotidiano, e o algo cotidiano e letal propagado no ar é que nada do que existe entre nós poderia dar certo. Começo a esvair, começo a jorrar água e leite que descem pelas frestas do elevador (a descoberta do corpo de mulher, e eu passava a mão na barriga e pensava como é possível que uma criança tenha crescido e saído de dentro daquele útero?).

Uma personagem do passado e outra personagem (do presente) embaixo do seu corpo num tempo confuso onde deliro dando nós com os pés sobre suas costas dando nós, dando nós nos apertos dos seus braços que me apertam como que para evitar que eu fosse a alguma outra parte, mas não existe nenhum outro lugar pra ir. Seu pau confortavelmente encaixando em diversas ingenuidades que até então eu desconhecia. Seu pau cativo aninhando em uma nuvem baixa e densa de devassidão que desconheço enquanto busco dominar seu pescoço sob minhas próprias mãos, muito sentada no seu quadril. Nessa hora foi como na música, quando ela canta você me fode tão gostoso que eu quase disse que te amo, e isso me preocupou porque a boca ia se movimentar e dizer justamente aquilo que seria estranho dizer a um completo desconhecido, na cama do desconhecido, o ventilador de teto girando lento, os pombos ruidosos na janela, nós ruidosos na parede. Os amantes são sempre socialmente inconvenientes.

Sangrando de delícia e terror sob seus cuidados. Nunca tive isso de ser, sem nenhum aviso, livre.

Ausência

Teve alguma coisa que começou a me convencer de que eu morreria na crença não plenamente metafísica, mas dessas práticas, de que tudo se tratava do grande clássico que brota de um fui comprar cigarros e já volto. Ele não disse quando poderia voltar nem a marca, não comentou. Na minha mente. Na minha mente havia os explosivos e as armas de destruição em massa que os americanos ainda não conseguiram encontrar, todas estocadas na minha mente, e cada cilindro explodindo um após e outro. Na crença prática de que nenhum homem volta de uma compra de Marlboro ou de Derby azul. Praticidade. Toda história violenta efetivamente se repete no mundo feito pelos homens, não foi feito para nós.

Devia ter tido um certo, penso, sentido de que podia ser, mas não teve, e aí não foi.

— Homens nunca são garantidos como um voo, minha abençoada! — prima Ana Paula sentenciou rindo alto e espalhando a cerveja na varanda: varria ou desperdiçava a poeira. Balancei o corpo em concordância. Todas as mulheres ali juntando suas lágrimas numa audiência bem etílica por conta do horário, e do dia da semana, e do calor. Elas observavam cenas diversas através dos olhos abraçando meus cabelos com seus próprios cabelos de tranças e texturas. A pele preta com as violências estampando o coração com espadas enfiadas, três espadas no coração de cada uma. Elas tinham se reunido, e reunimos também as crianças com as vassouras. Nunca mais vou esperar por nenhum deles, meus homens, elas me fizeram jurar.

* * *

Porque eu sou.

A mulher feia no espelho. Os peitos das mulheres pretas desconhecidas que invadiam a casa vazia verde a fim de alimentar um bebê feio que chorava, sem mãe. Os homens tocando, as taras dos homens e as mentiras, sem pai. O alfabeto, a Bíblia, a nudez, o Marc Block levando um tiro na nuca, os latão 3 por 15, a grana, os escritos dando grana, a organização das festas dos estranhos, as noites em claro esperando o marido, e o sucesso das festas dos estranhos, e as viagens pelo país, e o bebê com febre novamente, e ela, começo a imaginar o barulho da chave abrindo a porta (abrindo) porque seu marido finalmente voltou, mas seu marido nunca mais voltou. Ficou preso nuns esquemas. Quando o papai chega?

Julguei e te condenei, meu amor, porque sua distância e seus silêncios começaram a se parecer demais com todas as distâncias passíveis de serem medidas e todas as suas palavras e promessas e desejos lindos, derramados, não conseguiram encontrar lugar na realidade. Na minha mente. Tudo rasgando com você em parte alguma, e houve bastante sangue das balas já alojadas nas minhas costelas, o gás fez o ar com o vento da praia ficar tão tóxico, você conseguiu sentir? Julguei e condenei. Você tentava entender minhas conclusões. Você não parecia sentir coisa alguma. Era uma segunda-feira quando eu te disse, implorando demais, para nunca mais voltar. Nunca mais voltar hoje. Soube depois que você passava os dias num subsolo sem saída de ar, só depois. Também sem crachá. Do outro lado de tudo, ele ouviu meus argumentos confirmando que as decepções eram mesmo sistemáticas: como era possível essa mulher não ter percebido que eu não fumo?

Foi a decepção com o término. Uma decepção que se somava a tantas outras das quais ele nunca se recuperou. Tempos depois ele me disse que estava sempre na neve e que via que eu também estava sempre na neve e que ambos estávamos mutilados, mas eu me deslocava na neve porque perdera um braço. Ele não se deslocava porque perdera uma perna. Mutilados. Os homens não são como um voo. Incerto. Os homens são sempre fracos.

* * *

Mas agora, se eu conseguisse fazer parar de cair água dos dois olhos... O batom manchando de puro clichê os lençóis incrivelmente limpos porque foi mais uma longa noite bebendo tipo um blues, só que deselegante, tipo cantando o *Transa* do Caetano, só que desafinando. Sua ausência provoca diversos níveis de dor física, tremores, quedas. Sou toda abstinência. Preciso encontrar o amor em lugares errados, não é fácil explicar. Preciso da minha cocaína humana. O vento do mar é uma delícia, mas não entendo o que se passa, nem a ordem dos comprimidos, nem o interfone estridente na madrugada: a senhora precisa de ajuda? A luz entra pela cortina, mas ainda estou de ressaca. Preciso parar. Amanhã vou fazer parar. Parar de procurar amor nos lugares errados. Vou me organizar, agrupar, um comprimido é branco, mas o outro é rosa, somente a metade. Existia um som altíssimo, mas não existia um corpo capaz de propagar. O som.

Aquele foi um ano difícil por causa da imensa quantidade de mortes por COVID 19.

Lógica

Me perdi no seu condomínio mesmo depois de o porteiro ter explicado mil vezes o caminho. Achei aquele porteiro uma simpatia, mas me perdi. De noite as plantas pareciam ameaçadoras, mas a temperatura era boa. Você apareceu lá na frente, e nos meus sonhos joguei a bolsa do trabalho a metros de distância, os sapatos, e pulei amarrando minhas pernas na sua cintura. Na vida real fui comedida e somente andei com os detalhes dourados do vestido, tirando a máscara, e fiquei ali contida no seu ombro. Dizia seu nome repetidamente, e seu nome na minha boca é um inconveniente social.

Seus dedos dentro de mim tocando propositalmente muito fundo, e sua boca nos meus peitos, e novamente você me olha e tira lentamente os dedos e ameaça enfiar novamente, e eu fazendo não com a cabeça, e você fazendo sim com a cabeça, e eu convencida de que você estava tocando meus seios, minha buceta, meus sonhos, mas, na vida real, eu só fiquei ali parada contida no seu ombro afundada em silêncio ou tremendo enquanto você explodia as luzes do meu cérebro em uma paisagem lisérgica perfeitamente transcrita nos reflexos do seu olho.

* * *

Há alguma lógica nos encontros?

Envenenados no quarto que foi passando da tarde para a noite e escureceu muito rápido. Entregamos tudo muito rápido.

Tenho impulsos incontroláveis de espalhar várias desgraças aqui no seu pé, no meu pé, e a bagunça faz o tempo dilatar pra você jogar todas as suas tragédias (que estavam em caixas) por cima de tudo e de todos que você não perdoa ou que você nunca vai perdoar, mas vai até entender. Joga tudo na água, no sangue, no câncer e ocupa todo espaço disponível e também o indisponível. No chão. A gente pisa no chão, você calça suas botas até tudo ficar silêncio, e o silêncio vai ser longo. Entregue e simples. Vou apertar sua cabeça na minha coxa e beijar seus cabelos de forma medicinal.

Seu nome na minha boca é fácil. Meu nome na sua boca espalha lógica num vento insano da praia. Você é livre. Sei pra onde voltar. Você é a chuva, cai na minha língua, e provo um novo gosto. Algo ficou encaixado, algo ficou combinado, mas em lugar nenhum. É esperar no desajuízo um voo incerto.

O seu nome

Seu nome na minha boca é casa, parque, silêncio, pau, comida, coco, fundo, desejo, torto, lento, feminino, suor, vício, pimenta, crianças, memória, coincidência, encontro, filme, calçada, sono, obscenidade, labirinto, demônio, menino, homem, meu homem. Amor por toda parte, mas só em algum momento em que eu queria saber quando. Nunca realmente haverá.

Tudo o que ficou

Você esqueceu suas coisas aqui. Suas meias, seu nome, sua música, seu Corolla dourado, seu dinheiro, seu silêncio no chuveiro, seu uniforme e mais de mil memórias impressas na minha pele. Um ponto roxo do seu beijo na parte de baixo da boca, o ponto roxo se multiplica em presenças pelos cômodos alugados. Vou pelo corredor tão cotidiana até que esbarro, tropeço e desabo com as mãos espalmadas no chão, porque suas coisas estão todas aqui no meio dos livros que levei para a mesa naquela conversa, lembra?, sobre desenhos ou sobre fotografias que nos perturbavam e sobre as fotografias de nós dois que nunca tiramos. O tempo que deu foi pouco.

* * *

Suas coisas caem espalhadas em cima dos móveis. Meu pulmão, meu desespero, meus fios cabelos, meus números de telefones essenciais que não importam mais, juntamente com as suas risadas e os meus farelos espalhados no mesmo sofá onde você comeu na panela usando minha roupa, e a cena foi tão engraçada, e eu não queria nunca mais lavar a roupa e dancei muitas noites com a roupa e escrevi bêbada incontáveis vezes sobre a roupa e aí foi quando implorei que suas coisas fossem removidas daqui para haver, finalmente, um espaço vazio repleto das frases sábias das pessoas. O tempo passa. Quando o tempo passar, todos os amores se apagarão.

* * *

Os dias passam, mas percebe-se que o tempo tem raízes em forma de correnteza. É que os dedos do tempo são muito leves e eles nos arrastam minuto a minuto e nos arrastaram para outros lugares irreconhecíveis sem que realmente pudéssemos perceber. O tempo passa inexplicável com bastante peso nos dedos leves. Eu espero o desaparecimento dos seus olhos, dos seus planos, dos seus sons e, principalmente, o desaparecimento dos sons do menino (com os fones de ouvido imensos, sentado na poltrona em frente a uma TV desligada).

Você permanece espalhado pelo azulejo em tons de bege transfigurado pelas mais de mil memórias castas, em existências ou objetos melados que agora bagunçam o ambiente durante a noite e rolam escada abaixo. Perco o equilíbrio, novamente caio. Foi ensurdecedor, quebrou a pequena porta do armário. Você esqueceu suas coisas naquele dia quando você nem quis partir, mas eu te obriguei a partir.

Você esqueceu meu corpo deitado no seu corpo afogado em desejo, afogado em falta. Venha me buscar, venha me buscar, venha me buscar...

A CIDADE BEM PEQUENA
(uma visão na distopia)

A cabeça balançando de um lado para o outro lá no alto, lá no alto da noite, e a cidade brilha bem pequena muito longe. Faz tempo que não vejo o mar de perto, e talvez esse seja um dos principais motivos dessa coisa que resolveu me corroer estar efetivamente vindo me corroer. Forma corais aqui na pele.

Minhas pernas não sabem caminhar por ruas comuns, minhas mãos exigem a densidade da água, e minha boca precisa arder no sal com os peixes, peixes, peixes. Não consigo parar de pensar nisso: eu tenho um rabo.

* * *

O sentimento de tragédia é claro nesse momento: ele chega por trás suavemente e beija meu pescoço muito desconfiado do afastamento repentino. Todo mundo dançando, e eu ali me jurando alguma personagem que se afasta, repentina, da multidão, muito Rita Hayworth em *Gilda*, 1964.

— ¿Que pasó, linda? — a cabeça balançando de um lado para o outro como se as velas estivessem ao vento. Agora sim. Meus olhos em linha reta piscando muito procurando a mentira certa, a da boa. Procurando uma veia, uma marca de nascença na testa para dizer estou olhando pra sua marca de nascença. Ele nunca saberia. Ele nunca nem conseguiria chegar perto de saber. Preciso urgente e repetitiva de uma mentira, mas é toda vez isso do meu olho indo pra um lado e depois para o outro descontrolado. Você consegue, garota! Esteja no presente.

* * *

É necessário espaço em tela para que as pessoas gradualmente reapareçam. É necessário. Tava todo o fundo da cena em *blur*, mas é como aquela terapeuta bem nova sempre diz no pôster motivacional de gatinhos, **esteja presente no presente**. Graças a essas centenas de pôsteres motivacionais de gatinhos que o governo mandou imprimir, estilo anime, com caracteres chineses e que foram colados nos postes e nos ônibus, além dos outdoors e das propagandas nos principais streamings de audiovisual; graças a isso eu não morri e nem fiquei louca! As pessoas, e inclusive eu, estávamos ali presentes no presente da noite carioca. Somos lindíssimos, pessoas muito cheirosas e viajadas, da elite, do doutorado na PUC, do MD, do baile de favela, da Fluoxetina, da erva, da playlist indie no Spotify Premium. É tudo só um novo motivo pra dar uma relaxada, pra estalar os ombros, pra testar alguém novo no quarto de hóspedes, sexualidade fluida. Sem filtros. Essa reuniãozinha da esquerda liberal, e só entra Becks, Becks, Becks. Mas não sei se já comentei da náusea, o problema é a náusea porque ela não me deixa.

* * *

Os dedos vão passando pela grade fazendo carinho. A pontinha do dedo me levando para perto desses delírios que são fantasias, mas que são lembranças das quais preciso me afastar. Gosto de dizer "das quais", e aí, se eu deixo (os pensamentos), logo eles vão tomar conta de tudo. A água vai invadir meu corpo, e vou afundar tocando com os pés as pedras lá do fundo do mar, longe da praia. Longe da praia o sal começa a me corroer, mas eu passo o dedo no guarda-corpo, na festa, no ferro quase congelado que protege todo mundo do próprio mundo. O pensamento inundando, a calcinha inundando, os pensamentos são invasivos, e aí a cena corta pra saia preta com flores vermelhas que eu usava e que se esticou ao extremo quando as minhas coxas tentaram abraçar o quadril dele pra encaixar num desespero, e os dedos passando na grade, o guarda-corpo, mas naquela outra noite os meus dedos arranharam os braços dele, o peito, era tudo meu, era tudo, a pele bem quente, *don't touch, it's art*, ele me esmagando na parede, me levantando a mil metros do chão como se meu peso fosse ausente, os dedos dele circulando o mamilo, minha boca colonizando o corpo, tremendo, tocando, tira a camisa logo, eu quero tocar o pau, por que você está com duas camisas?, *dont touch, it's art*, arqueando, chupando, dizendo que não, dizendo que ai, salivando os cabelos, tudo incinerando contra a parede, a saia foi rasgando enquanto ele ia puxando tremendo, afogado. As flores vermelhas da estampa ficaram irreconhecíveis.

* * *

— Amor.. ¿a dónde fuiste?

— Eu tô aqui vendo esse glitter no seu cílio. Deixa eu tirar. Isso. Pronto.

Não vou nunca mais imaginar o que aconteceria se eu me atirasse do vigésimo segundo andar, porque isso não parece saudável. Os piores pensamentos precisam parar, embora eu tenha certeza de que voaria. Sempre voei, porque foi como meu filho disse no outro dia, que no mar todo mundo está voando, mas em silêncio. Sou uma sereia e tenho um rabo.

— ¿Sabes que eres é muito linda?

— ...

Ele abocanhou meu brinco gigantesco e um pedaço da orelha, dizendo coisas. Abocanhou um peito. A língua nos meus dentes e as palavras que dizia não eram sérias. Levantou o baseado, umdoistrês tragos e sorriu, mas deu um negócio no meu pulmão com a última puxada, e esqueci como respirava. O uruguaio logo começa a me assoprar o rosto como se eu fosse um bebê engasgado.

* * *

Precisava apresentá-lo ao meu pai, a verdade é essa, porque a coisa tinha firmado e nunca mais de delírios, agora era bem sério, e eu havia realocado todo o corpo num lugar melhor, que isso, muito melhor, todo mundo até tava dizendo isso, que você tá mais gordinha, com a cara mais vermelha, os posts cheios de likes. Vou assim que melhorar do enjoo. Tirei o glitter que prendeu no olho dele e finalmente o abracei enterrando o nariz no pescoço. Esse é meu novo homem, e ele é carinhoso e gentil, esse novo homem. Vou dar essa boa notícia pro meu velho pai, que, já faz tempo, precisava de uma boa notícia, precisava saber que agora sim havia um guardião. Ele nunca tinha sido. Esse encontro aí dos dois vai ser uma coisa ótima, e não haverá nenhuma necessidade de mencionar, embora todo mundo saiba, mas uma coisa somos você e eu tranquilos sabendo, mas o velho não vai aceitar bem a anunciação de que o cara é trafica. Assim, ele todo no Adidas, ninguém diz nada. Maquininha de cartão sempre do lado, ninguém diz nada.

* * *

A cidade com o mar bem perto de mim, ela brilha. Sempre brilhou. Tenho certeza de que eu voaria, sempre voei, mas, desde que comecei a tomar a tal medicação contra os piores pensamentos, a náusea não me deixou mais. Deus sabe que essa noite tem que ser diferente, mas aí tudo aconteceu muito rápido, foi súbito. Não! De repente dei um salto pra trás, e a grade fria deslizou pelas minhas costas, pelas coxas, e as mãos gentis daquele homem perigoso tentaram cruzar nas minhas e me capturar talvez pelo cotovelo, e ele olhou a cena espantado com uma cara que era um lamento em espanhol. Pouca gente sabe, mas a vida é nada mais do que desencontros quando a gente jura que esbarrou nela, na vida. O tempo às vezes parece um soluço de bebê: chega e passa aleatoriamente. Assopra. Pôsteres de gatinhos. Pensei nisso naquela última vez em que nos vimos, e essa cena não me sai da cabeça mesmo agora que vou derramando em alta velocidade em direção ao chão. Ele soprou pra cima os fios pretos do próprio cabelo que caíam incômodos no próprio rosto, balançou a cabeça e sorriu com uma ideia ótima que tinha acabado de lembrar. Para qualquer um seria nada mais do que uma cena insignificante, mas me impressionou, preciosa. A ventania da praia levou as palavras. O som da voz dele foi desaparecendo no barulho. Alta velocidade. Nas minhas lembranças.

* * *

Meses se passaram. Foi assim que nunca mais te vi. Nada mais foi capaz de juntar, foi uma merda, arrebentou feio numa curva, mas não se deve fechar os olhos quando se sabe que vai bater, você explicou que é a regra.

Não consigo seguir as regras. Todo dia você abre o olho, acorda e percebe que existiu muito pouco, que viveu muito pouco quando estava naquele estado de torpor em que a perfeição cai do céu, tangível, certeza, vinda bem de cima, e você fica ali parado de mãos estendidas mas não consegue reter nada. Nada. Por quê? É por causa dos buracos que ficam entre os dedos. A mão balança muito. Os tremores, inclusive, tinham se tornado constantes. E a náusea. A náusea. Você esbarra com tudo o que se move, e isso sim é a vida. O que se move é a festinha no *rooftop*. Só entra Becks. Só entra Hoegaarden. Só entra Tanqueray. Muita gente depende de mim, o médico explica com um sorriso, mas não deu tempo de reter o espaço do dito porque o fim aconteceu de forma concisa. Me atirei pra trás porque era lá de trás que vinha a luz, e meu namorado até tentou me segurar, mas aí é que ele se engana, porque imprimi bastante força no pé, não tinha como, a mina simplesmente despencou daquele hotel foda lá da Barra onde rolam umas festas de playboy, sabe? Foi tipo MC Kevin, mermão, foi tipo Anna Karenina.

Quando caí, escuta, quando caí... foi exatamente nessa hora que me veio aquela certeza: a criança tinha dito que no mar todo mundo está voando, só que em silêncio.

— ¿Amor.. a dónde fuiste?

— Meu Deus, homem, lugar algum! Só pensando aqui nesse glitter no seu olho. Só te achando lindo. Sente o vento, ó... quando você dobra assim pra trás, dá pra sentir um ventinho nos pés.

— Ai, ai, ai, estás mui chapada. Me encanta!

TEC TEC TEC

ASSASSINATO COM MIRA TELESCÓPICA

Os fios de cabelo preto dos meus olhos caramelo. Os fios muito pretos e escorregadios, molhados entre os meus dedos, molhados colando na testa e eu tirando com os dedos, da testa. A cadeira balançava muito barulhenta, com aquele barulho da madeira que fica velha, aquela coisa que a gente sente quando o sol começa a se pôr e o vento é imparável subindo nas árvores, eu sinto isso, que a luz balança tudo. A cadeira vai e vem sem nunca sair do lugar. Lembrei quando a criança perguntou o que era um pêndulo e fiz menção de responder, mas, se você for pensar com calma: o que é um pêndulo? As crianças perguntam muitas coisas que não quero responder.

* * *

Ele correu entre as árvores, e eu pedi para tomar cuidado enquanto dobrava as pernas para as pernas descansarem um pouquinho sobre a estrutura da cadeira de balanço. Desde o dia anterior o inchaço tinha se tornado algo que começava a preocupar. Quer dizer, o inchaço é um negócio que a gente espera, mas não daquele jeito. Daquele jeito tava feio. A pele ia esticando e brilhando no pé gordo. Eu apertava com a ponta do dedo, e a marca do dedo ficava. O menino gritou no meio das plantas sentindo prazer. Coloquei a mão na barriga, e quem vai te explicar o motivo de as grávidas colocarem a mão na barriga tantas mil vezes? A barriga que se mexe, ela é disforme, viva, alienígena, a barriga, a água, a perninha cruzando sob a pele e sobre todos os órgãos. A vida. Já gritei de prazer no meio das plantas.

— Não vai pra longe, hein!!

Ele trazia uma flor, e eu colocava nos cabelos pra contrastar com a pele. Fúcsia. Negra. Os olhos caramelo. A espingarda na mão batia às vezes no chão também de madeira. Só às vezes. O que eu sabia era que não poderia deixar a aparente tranquilidade do aparente silêncio do aparente sol, que me deixassem num nível de desatenção desses de levar a perder tudo. Meu dever primordial é esse, e é justamente nisso que precisamos concordar, senhores. Eu estava protegendo a casa, protegendo meu filho nascido e meu filho aqui dentro da barriga; protegendo a terra.

Sou uma mulher sozinha. Não é novidade, essa mulher que sempre foi sozinha. Muitos de vocês conheceram meus pais, que Deus os tenha. Eram boa gente, mas eram daqueles cristãos que precisam se deixar abater. Quando aquela doença que eu nem me atrevo a dizer o nome, quando ela veio, foi um horror, foi um tal de machucados aparentes putrefando e explodindo as lesões que eram umas lesões imensas, olha...! Aquilo me assustou. Vê-los partir daquela forma tão vil, enquanto papai dizia que se sentia mal, mas que eram as coisas de Deus e que amaria minha mãe para sempre. Ele dizia tossindo e explodindo as lesões, e minha mãe aos prantos dizendo que sempre sonhara com uma casa de bonecas e somente por causa disso Deus iria livrá-la, que Ele tudo podia e daria a ela realizar o grande sonho, e que viveríamos ainda muito tempo, enquanto meu pai dizia que é exatamente isso, é verdade. Justo nesse momento, estavam mortos.

* * *

Eles morreram cerca de dois meses depois do início dos incidentes. Meu mais velho nascera uns quinze dias depois do velório. Eu sem parar de pensar no pavor de ter sido uma grávida no meio da peste e pensando que, claro, tudo ia dar errado demais, que iria perder aquela criança que escolhera nascer no pior momento, gritando forte, desesperada. Vocês nem vão conseguir imaginar como foi, mas a parteira o colocou direto no meu peito e disse que o que faria o leite fluir era a posição do queixo, o queixo do bebê empurrando, firme, expulsou litros e litros direto pra boquinha, causando dor e alívio imediato dentro do seio. Enchia às transbordações. A parteira segurou minha mão. Festejei aquele ser desconhecido que nascia pulando o colostro e produzindo direto seu alimento definitivo, branco. Festejei o fim da peste, mas me perdi na solidão e no desconhecido que o menino vinha me trazendo a cada dia. É que o pai chegou pra mim, se disse apavorado para além das próprias forças e fugiu logo ao anoitecer no cavalo mais forte que tínhamos.

* * *

Foi muito depois que conheci o homem dos olhos caramelos. Já mulher sozinha há muito tempo, há tanto tempo que eu mal aguentava caminhar até a igreja, tamanho o peso dos desejos. Então logo lá eu chegava, aquilo aumentava, me vinha uma repulsa sufocada àquelas pessoas todas muito conhecidas e descoladas de tudo o que eu conhecia como vida, mas pegando em mim imensamente carinhosas com mãos molhadas e cuspes pontuando histórias contadas. Nem sempre é fácil. A comunidade era lindíssima, e nunca me furtei a oferecer ajuda para o que quer que fosse. Era uma lâmpada? Era um desabamento pós-chuva? Era uma jogatina para animar os idosos? Fosse o que fosse, lá estava eu bem reunida, no alinhamento do dever. Mas não demorou pra eles entenderem que a cada dia eu parecia menos com ele e parecia demais com os bichos, e foi por esse motivo que resolveram me liberar para ser quem eu quisesse, e eu os amei por serem ali quem esses eram. Eu finalmente passei a confraternizar unicamente com os animais diversos, sentindo mais solto aquele negócio foguento subindo em mim, molhando em mim, correndo nas costas e nas coxas, esfregando os dedos. Me aceitaram sem maiores perguntas. Eu também não perguntava nada a eles.

* * *

A familiaridade seguiu, e aí não era incomum aparecer lá na porta de casa uma panela de caldos, de sopa, com frangos, sem frangos, com ouriços caçados, tudo vindo da Igreja de Santo Auxílio. É que, naquela vida sacrificada, todo mundo que entende um pouco o que é a fome e o horror dos dias de fome irá oferecer um pouco do que tem. Uma sopa ou um talento. Isso chegava na minha casa. Vez ou outra, não vou dizer que sempre. O menino vibrava e comia a pimenta excessiva das oferendas como se fosse açúcar.

Mas os senhores querem saber como cheguei até aqui.

A história realmente começa quando eu estava no meio das árvores. Assim, sem muitos detalhes, no meio do verão, muito suada, colhendo umas mangas muito doces que dão lá no sítio. O sol entrava enquanto eu mordia a fruta verde por fora, amarela por dentro, muito absorta na tarefa mais cósmica e simples que é comer uma manga que Deus em pessoa fez cair do pé pronta para o consumo, esfregando as coxas, sentindo um pouquinho de prazer nos dedos, na boca, Deus em pessoa. Ele apenas estava ali como uma aparição, como um fenômeno assustador, usando roupas que eu nunca tinha visto e aparentando muitos dias no mato. O caldo da manga se misturou com a grama no chão, com o vestido, e eu já estava numa solidão daquelas que vocês podem imaginar, que vocês podem acompanhar nos gatos que gritam a noite toda. Aquela solidão que se contentaria com qualquer coisa, e então o bicho encontra um outro bicho certinho pra encaixar. E o pior era que nem era qualquer coisa.

É dessas sortes que não acontecem sempre. O homem ali parado com os olhos em mim, no vestido babado de manga, no meu nariz, com os pés que vieram estalando uns gravetinhos tec tec tec tec tec. Sou uma mulher dessas com uma decisão só. Todo mundo sabe. Tenho uma decisão só e decidi que era melhor correr do homem do mato, daqueles olhos grandes muito em cima de mim, me deixando muito tremida, deu muito medo, e foi exatamente por isso que corri durante metade da tarde, só que o homem era ágil e me alcançou tec tec tec tec tec esmagando gravetos minúsculos, olhando bem dentro da minha alma, e, esgotadas as saídas de fugir, entrei nos braços com urgência e me misturei no cheiro de tabaco e de terra enquanto meus gemidos corriam como as formigas — carregando folhas verdes maiores que seu próprio peso. Enquanto gemia, implorava ajuda aos espíritos que estão muito longe dos santos, mas assim pedindo ajuda e socorro porque queria muito como nunca antes tinha sido e ia acabar desintegrando naquela esfregação que começou a preencher tudo. Preenchendo. O desamparo que havia nos olhos cor de caramelo... Ele já tinha sido ferido demais, demais, demais, ele estava tremendo demais, demais tec tec tec tec tec deixei ele ir entrando em mim pra ir encontrando uma nova casa enfeitada demais na minha língua lambendo todo ele. A manga amarela por dentro. A casa o fazia sorrir, e me deixei perder nos olhos caramelos festejando em mim. Certo dia ele me disse assim: finalmente.

* * *

Cozinhamos os ovos e estávamos prontos para o leite que as fêmeas deixavam coalhar. Veio o inverno, mas foi como se o frio tivesse esquecido de nos alcançar. O menino corria, e ele passou a dizer que o menino também era dele, enquanto os nossos sons invadiam o telhado até que o telhado quebrava e íamos consertar o telhado porque o telhado era um besta mesmo, incapaz de suportar nossas escaladas malucas dia e noite sobre a casa, sob a casa, em frente à lenha, às gargalhadas, gritos pra lua, criança dormindo nos panos.

Senhores, não existe novidade no que conto aqui. Vocês mesmos puderam presenciar e podem ainda hoje atestar que vivíamos uma vida pacífica dentro das nossas terras. Nunca atacamos outros humanos. Nunca. Colhíamos frutas para o Dia de Reis e lamentávamos as mortes dos velhos com grande respeito. Corríamos ao rio e abençoávamos as velas sagradas não uma nem três vezes, mas incontáveis vezes, molhando nossas costas nas águas. Foram momentos célebres de união entre a aldeia e minha casa. Digo para que entendam: a guerra que veio mudou tudo o que existia. Novamente. Os incêndios misteriosos, os soldados nos cavalos. Mas eu não tenho nada a ver com isso como os senhores estão aqui pensando, eu não sou nenhuma Helena, eu sou uma mulher comum, eu não moveria uma luta nem diversas mortes entre os espartanos. Tudo o que faço é comer frutas grátis, caçar e emprenhar.

* * *

Desconheço os homens que iniciaram os incêndios sistemáticos nas aldeias. Não creio que eles tenham aparecido em nossa região para possuir a mim, conforme disseram algumas testemunhas baseadas em nem sei quais fantasias. A guerra mudou tudo. Não creio inclusive que me condenar trará qualquer felicidade a qualquer um dos senhores. Vejam aqui, vejam aqui na minha mão amarrada que eu nada fiz. Balançando em minha varanda, eu atirei sim, mas foi para proteger minhas crianças dos incêndios, do homem louco que incendiou as aldeias.

Foi para proteger meu menino grande e meu menino aqui na barriga. Matei seus homens e lamento e peço a Deus que me perdoe por tamanho mal feito. Minha dor é assim tão grande que ninguém aqui nesse povoado ou mesmo das outras cidades poderá medir. Não poderão medir.

* * *

Eu balançava na varanda, a cadeira fazia muito ruído, mas repentino eu ouvi os sons de gente se aproximando. Estava sozinha em casa e muito preparada com munição que não era de caça, era munição para pegar gente mesmo. Eu estive sozinha por muito tempo, e as crianças precisam de mim, entendem? A peste mudou tudo. Eu faço o que é necessário, meus senhores. Matei seis dos seus homens no mato aquela tarde, escondida nas pedras e nos galhos grossos conforme meu pai muito bem me ensinou. Pedi pro menino grande se esconder com a pequena Beretta, ajeitei as pernas do outro na barriga, as pernas correram no ventre e formaram um ovo como quem esperava uma nova ordem. Divisei facilmente as roupas que eram estranhas, que eram claramente do inimigo, e corri pro telhado liberando as balas com a arma machucando meu ombro e o rosto na hora do coice e as meias rasgando pros pés que escorregaram, mas acharam apoio. Principalmente, a cara doeu muito por causa da força necessária na mira telescópica. Peguei primeiro dois, depois três, depois mais um num canto duma árvore. Depois parei de contar. Creiam que não fiz por mal!

* * *

Eu matei quem não devia ter morrido? Vocês, meus senhores, dizem que matei muito mais gente do que nem estou contando, que as consequências dos meus atos denotam um ser incapaz de diferenciar o que é justiça e o que é o puro prazer de ouvir o estampido dizimar uma vida. De um ser apático capaz de entristecer uma mãe de um filho caído. Mas entendam que também sou mãe! Mas entendam que cheguei no mato para certificar os abates e o vi lá caído no meio do sangue, vi que sem querer tinha matado meu próprio homem. Quero dizer, na minha cabeça ele estava na guerra, e o que os senhores pensam que senti? Me digam! Que não divisei a diferença entre o prazer da bala liberada e a dor da perda maciça que não pode mais ser desfeita? Senti. Meus senhores e minhas senhoras, eu matei o pai dos meus filhos e um punhado de bons homens da aldeia. Sinto por tamanho transtorno.

Sinto. Queria matar somente os homens maus, mas submergi numa certeza de que todos os homens são muito maus. Todos vestidos na mesma roupa, com as mesmas plumas no chapéu, as mesmas táticas de esconder entre as ervas suavemente apertadas e entre as palavras gentis, entre os paus. Tive medo de que invadissem minha casa, tive medo de que tal exército fizesse o de sempre. Aquilo de sempre. Sou uma mulher de uma decisão só. Matei todos. Peguei para mim suas armas, cozinhei seus animais secos, usei para meu consumo perambulando na cozinha sem saber bem onde ficava a inércia no chão que eu pisava. Meu filho permaneceu correndo, enchendo o fogão de risos enquanto eu preparava uma sopa reforçada como fazia tempo que não me era possível.

* * *

Meu homem ali morto pela minha mão! Os tambores batendo ao longe dizendo que nada corria bem, então decidi pelo escape batendo a cabeça entre as árvores. Os soldados me procuravam. O bebê dentro de mim parecia entender e se esgueirava também entre um osso e outro. Eu era a própria alma sem Deus, entendem? Deus ficara longe demais de mim, a confusão puxando meus cabelos, o vômito vertendo, o pequeno perguntando pra onde vamos, mamãe? E eu sem saber o que responder nas lágrimas. Só sei que ninguém nos pegaria, só sei que seríamos nós três, tinha de ser. Só sei que as balas continuaram a queimar os corações dos homens, as pernas e cabeças daqueles que nos buscavam na madrugada enquanto eu beijava as cascas dos galhos e pedia perdão aos meus olhos caramelos, pelo engano que o pavor havia provocado. Meu rosto girando em desgraça bem em cima do nariz sangrado do único homem que amei. Não acreditei quando vi. Eles nunca irão acreditar que eu nunca quis feri-lo. Ao meio-dia foi quando me ouviram gritar. Meio-dia. Me pegaram detrás das pedras, levaram o pequeno, os cachorros cavando longe. Era o dia seguinte.

Senhores, eu aceito que me tenham novamente em suas celas, que me possuam novamente de dois ou três como fizeram nas noites passadas. Sei que pareço ser uma mulher sem muita honra, e tudo aponta que estão todos aqui muito certos. E nada mais quero ter. Mas é que tenho sim, essas minhas crianças tão importantes, esse menino aqui que necessita de mim para responder perguntas e essa outra criança aqui na minha barriga, que é hoje a grande memória que tenho do meu homem, da felicidade de minha casa. Esperança é o único caminho possível para que eu possa reconstruir, quem sabe, uma nova vida após tanta destruição. Suplico que façam o que for necessário ou o que for desejoso de ser feito, conquanto que me deixem partir com essas esperas montadas sobre lembranças tão estúpidas quanto essenciais. Suplico misericórdia, suplico perdão! Me deixem partir! Me deixem partir com meus meninos, que são tudo o que tenho nesse mundo que já acreditou em Deus. Me deixem partir com minhas armas e minhas crianças. Sinto que não posso perder tudo dessa vez.

* * *

A condenação foi recebida com angústia, embora o comportamento da sentenciada tenha sido pacífico no momento final. Uma sentença de fuzilamento fora recomendada na compreensão de que o uso de um rifle tático semiautomático CBC.22 edição especial, com luneta compatível atualizada, configurava um nível de treino e de sadismo inquestionáveis. Afora as três pistolas e o fuzil britânico. Num aguardo ao nascimento do menino, a morte fora ajustada para dali a alguns meses. Ela teve até um tempo demorado e respeitoso para beijar o rosto recém-conhecido de seu filho; os olhos vigilantes da ala feminina sempre atentos.

Morreu no dia 8, com boa cara. As crianças foram entregues a uma tia localizada ao Norte, moradora da praia de Santa Teresinha. Era uma senhora muito velha, que viveu realmente pouco.

UM NAMORADO SILENCIOSO

O apartamento era ótimo, mas com uma quantidade desajuizada e indiscriminada de plantas variadas muito posicionadas ao redor da TV, nas janelas, prateleiras e suportes metálicos de chão. Eram folhas imensas e folhinhas em tons desajuizados e indiscriminados de verde e possuíam texturas diversas despencando entre quadros com pinturas, peças de antiquário, LPs e fotografias impressas. A imensa quantidade dos livros nunca fora lida, e coleções inteiras permaneciam embaladas em plástico transparente fininho. Era um negócio contemporâneo, era um negócio bem retrô que tem se usado muito.

Tinha escolhido tudo o que se via no lugar: mudara estantes de lugar, cores de parede, torneiras, lâmpadas e tapetes, e era como se o lugar fosse seu. O lugar nunca é realmente seu. Percebe-se que alugamos doze metros quadrados de uma miniposse, e aí a gente chama de lar porque aí nem importa: era tudo o que sempre tinha sonhado desde que aprendeu a sonhar, desde que ganhou um dinheiro e havia lá ele tornando tudo um deleite perfeito de dividir a vida.

Tornava tudo público, cada canto, fosse do apartamento ou do corpo. Só faltava um gato, mas todo o resto tinha: as peças garimpadas aleatórias, de antiquários. Era elogiada por seu senso estético e sua vida idílica. Mais de 15 mil seguidores.

* * *

Mas não era raro se perguntar por que ele não dizia nada. Por que ele não interferia ou dava sugestões ou corroborava ou protestava? Qualquer esforço era assim, indetectável como se ele se recusasse a compartilhar, a se integrar na alegria daquelas singelezas. Olhava para tudo, apenas.

A angústia vinha avassalar nessas horas, uma sensação de que estava inadequada, de que não havia voz do outro lado pela simples razão de que havia piedade do outro lado. Pequena, estúpida, rasa, de gosto duvidoso. Os silêncios dele eram, antes, uma piedade! O problema era que ficava tão difícil segurar e esconder a vontade de que ele dissesse qualquer coisa que provasse sua efetiva presença. Balançava a cabeça. Essas eram besteiras de criança. Ele estava ali constante, não estava? Então! Não se podia esquecer de que ele a deixava à vontade para fazer tudo do seu gosto. Dava espaço. Era tudo uma questão de costume, e devia definitivamente se acostumar. A estar espaçada.

* * *

Precisava ser mais um monte mais grata por tudo e não se deixar levar por demandas mesquinhas. *Hashtag blessed.* Chegava do trabalho em horas variadas, esforçava-se para destrancar a porta e esfregar os pés descalços nos tapetes ao primeiro horário possível. Entrava cálida e disposta a sufocar o rosto no cheiro descansado que escapava nas roupas do seu amado. Prestava bastante atenção naquilo tudo, no lar, no apartamento instagramável, na televisão iluminando o escuro com um azul, a profusão de plantas ao redor. Embora, logisticamente pensando: como faz pra regar? Essa noite, em especial, avançou. Era tudo uma questão de costume e, de repente, se cansou da posição, chamou pra cama, vem, mas ele preferiu permanecer ali no sofá, e ela então foi esperar na cama. Acordou com ninguém do lado. O dia seguinte costumava chegar e chegou trazendo novamente suas preocupações com planilhas, relatórios e cafés especiais perfeitos *posting*.

No escritório, a impressora secular fez todos tremerem, muito relatórios, por uma tarde inteira. O diagnóstico mais comum era: Transtorno de Ansiedade Generalizada. No seu departamento havia bastante sucesso. Em datas comemorativas, todas as baias eram enfeitadas com balões de gás hélio que podiam ser vistos lá da rua. A vista era pro mar, então se podia dizer que todos gostavam do que faziam. Ela amava o que fazia e se percebia fantasticamente adaptada ao 24/7, não cansava de repetir esse entendimento. Lá na sua cama vazia, as coisas ficavam atestadas, congelando às 3am, chorando abundante, molhando tudo, por vezes se esforçando e diversas vezes incapaz de dizer onde estava e de quem eram os sons de soluço que saíam. Da barriga.

* * *

Ele nunca vinha se deitar com ela, mas ela compreendia que hoje não dava, ontem também não deu, mas era porque aquele filme daquele canal erudito era, de forma inquestionável, interessante. Ele era uma alma elevada demais. A dor fazia voar um vazio pra fora.

— Deise, minha flor, o que foi isso no seu pescoço, deixa eu ver... Amada...!

E toma a examinar as marcas virando violeta no pescoço marrom de pigmentos laranja (a cor mais difícil pra se achar maquiagem corretiva, anota aí). Ele nunca vinha pra cama, ela pensou olhando um pixel no laptop enquanto a Analista Sênior dobrava sua cabeça em direções diversas. Explicou, finalmente, que dormiu de mau jeito.

— Dormi de mau jeito, foi até ridículo, dormi em cima daquele estojo, das canetas, lembra? Aquele que a gente comprou baratinho. Ridículo! Foi o cansaço, ridículo, ridículo, dormi por cima do estojo. Isso nem é nada! Sou ridícula.

* * *

Horas-planilhas depois estava novamente de volta ao apartamento 805 do número 64, mas não conseguiu comer nada além de maçã com mel, de cervejas, de pizza, de batatinhas e de Ambien. Os dias precisam girar na repetição, e agora tudo vai estar quieto ou desligado, e assim não demorou a apagar conferindo, no delírio medicamentoso, sua mente falar dos conselhos que ela ouvia. Giravam em repetições. As pessoas falavam lá no trabalho, do pessoal do escritório, opinando que ela precisava sair mais, ver mais gente, ver mais gente de aplicativos e talvez gentes super reais através de aplicativos. Na noite. Devia usar cores mais alegres e finalmente aceitar aquela indicação de endocrinologista.

* * *

Quer um amendoim? Mas olha, Deise, sexta tem que ir todo mundo. Na sexta que é o aniversário da Alice, aquela menina da Economia que escreveu poemas agora transformados em músicas famosas. Você vai! Falatório geral, presa num quarto, e seria tão cálido e importante se as pessoas pudessem estar na sua vida e cumprir as agendas necessárias para sua vida, levando tudo para um lugar melhor. Estavam todos certos, mas ela era muito gorda e mal conseguia se mexer, sentia muitas dores no quadril, era muito incapaz de identificar como fazer as coisas serem melhores, mas todo mundo parecia saber como chegar lá. Por ela.

O advogado contratual por fim verbalizou:

— …é que a gente nunca vê esse seu namorado, Deise! Que que é isso, Deise?! Seu namorado deixa você flanando! Você tem que se posicionar, tem que buscar uma concretude nas pessoas e nas relações, ainda mais hoje em dia, que está tudo tão difícil. Os dias e as tardes difíceis! Os relacionamentos líquidos.

A analista sênior por fim sublinhou:

— Um dos sintomas mais curiosos da ansiedade é estar-se criando diálogos futuros para encontros futuros, revisando cada parte buscando que não se caia em uma conversa que lhe deixará constrangido.

E o advogado:

— Nisso tudo aí você tem que se posicionar, cacete! Como que você sempre está só? Nem foto com o cara, nem like o cara te dá nem nunca!

A senhorinha do café:

— Teve a cor da parede, Deise!, que ele te deixou toda rebolada na escolha, que nem opinou ou mesmo carregou os galões coloridos que machucaram muito as suas mãos.

* * *

Era complicado. Ele não se sentia confortável no meio de muita gente. E não a proibia de nada, de sair, de nada, embora, muito provavelmente, falava aquilo ao mesmo tempo em que se afogava em ciúmes. Devia sentir medo de um abandono na proporção violenta em que ela sentia medo de um abandono. Ele não iria no aniversário da Alice da Economia e, como ela já sabia, nem perguntou. Apenas investigou os diálogos futuros a fim de se precaver de quaisquer constrangimentos enquanto as falas se misturavam a fantasias em que ele estava bem perto, nos momentos mais triviais, pra um café, ajudando a escolher uma roupa, rindo talvez, compartilhando das piadas e convivências com aquelas pessoas que eram seus únicos amigos, cujas vidas ele conhecia em detalhes, ela contava tudinho de cada um, mas ele nunca efetivamente vira ninguém. Sentiria ciúmes? Abandono? Mas tudo ficou tão silêncio e escuro. As plantas se dobravam no vento da noite por onde também podiam entrar mosquitos. Começou a tremer e não parou mais de tremer, e foi aí que a boca se mexeu quando gritou.

— A gente não trepa! Não trepa! A gente não se fala! Eu sou um carro estacionado, aberto, sem alarme, e qualquer homem pode me ter e me teria, e eu teria um homem, porque você não se importa comigo!! Não te parece nada, hein? Eu só queria sair e a gente se divertir, mas eu sei que você não dança e se ressente que eu dance, mas nem as cores pra pintar a porra da parede, meu Deus! Eu fui e escolhi tudo sozinha! Eu pintei sozinha! Minha mão machucou todos os dias! Sou um carro estacionado sem alarme!

A vergonha veio cavando numa profundidade desconhecida poucos segundos depois, mas ela só pôde mergulhar numa lama grossa e escorregadia que se podia chamar de NECESSIDADE. Começou a implorar e implorou: que ele dissesse que a achava bonita, que ele lhe tocasse o rosto. Deitou-se nas coxas dele, pegou naquelas mãos, nos dedos e levou na própria bochecha, esfregando, pedindo desculpas muito molhadas, salgadas, sugeriu que pedissem algo para comer, delivery, que descartasse as paisagens do seu descontrole infantil. Suas exigências, que eram muitas. Ficaram quietos no momento em que nada mais foi dito por ninguém. Rumou para a cama sozinha com a cara inchada, porém ajustando o relógio do celular que fazia as vezes de despertador, porém pingando umas gotas do Rivotril num copo cheio de água.

* * *

Ele estava impassível no dia seguinte. Lindo. Dava-lhe um penoso e bastante esperado tratamento de silêncio que a enervara levando ao desatino do consumo de uma torta inteira (Red velvet. Starbucks.) usando somente uma colher. Ele era tão inteligente, muito maduro, e não iria discutir com uma mulher sem razão.

O bolo era ótimo, e um ruído de terror insistia na sua cabeça. Odiava os cabelos, principalmente, na cabeça. Lavou a louça. Silêncio. Ela tinha problemas com a comida. Ele evitava conflitos e ficou no sofá. Deise precisava daquele homem em volta do seu mundo, e havia urgência. Red Bull 473ml. Chegou atrasada no trabalho, apesar do trajeto excelente escolhido pelo motorista do Uber. Todo mundo sempre sabe bem para onde estava indo.

* * *

Mais tarde no bar, naquela noite, naquele aniversário da Alice, o pessoal da firma era uma potência, com piadas inadequadas pontuadas por recursos corretos, políticos e mesmo republicanos. Era o de sempre. Enchiam as ruas de uma vida confusa e corriqueira naquela amizade de cativeiro. Unia a todos. Então numa hora lá, a gay gerente de compras:

— Mas não conseguiu trazer o boy?

— Não.

O RH:

— Na próxima, né, Deise?

— Na próxima sim! — virou a boca da longneck que congelou os dentes.

As caixas e os pacotes da mudança ainda em um canto da casa anos depois, sabe?

— Na próxima sim! — encostada num poste, e lhe ofereceram um cigarro bem apertado. Cortou um galho de planta que escapava da parede da casa na vizinhança, no escuro da rua.

— Na próxima sim! — sentaram no meio-fio para lhe assistirem triturar com o verso do lipbalm o pó e o Ambien com tamanho talento e cuidado e organização, tamanho carinho.

As plantas não podiam escapar assim da parede da bolsa, e aí ela olhou pro chão e viu samambaias escorrendo sobre os sapatos brilhosos. O que tinha fumado mesmo? O que aquele cara de casaco tinha oferecido? As meninas disseram que o namorado dela era *red flag*. A noite avançava. A noite virou. Do nada. Os minutos passaram sem que Deise conseguisse investigar o que estava usando, até que se viu no banheiro um instantinho, as luzes violeta e verde, aí no espelho do banheiro ela estava sozinha, no espelho do banheiro as luzes piscam, a menina poderia beijar sua orelha, e o zumbido misturou no prazer doido com a menina passando a ponta dos dedos na ponta dos seus mamilos, o que logo a deixou fora de si. Virou a longneck, mas não sentiu a língua dessa vez. Como a desconhecida sabia? Por cima do vestido ela continuou tocando. Deise sugou a língua, ficou muito tonta, suada, mas se manteve nos brilhos ou trilhos, e a outra a abraçou e disse eu não quero te deixar ir assim. Bateram na porta. Verde e violeta. Branco e azul.

— Você não pode mais ficar assim, e eu não vou deixar você ficar assim. Passando a mão nos cabelos no reflexo. Não vou deixar, fica comigo — choro — cala a boca. Fica comigo, por favor. Algo se partiu faz tanto tempo, mas é aqui na noite comigo que você vai estar livre. Livre. Grita, não chora, já pode enlouquecer, já pode desaparecer na água da pia, porque o fim chegou de repente no meio dessa coisa estranha com que você se acostumou e agora se esvai.

Os dedos escorregando pela calcinha cheia de aberturas em lugares estratégicos. Bateram na porta de forma insistente. Deise?! Estava tão molhada e embalada numa nuvem tão cegante que a impedia de abrir os olhos e ela nem queria abrir algo mais que as pernas, que se abriam e fechavam sozinhas incontroláveis porque estava gostoso demais dois dedos feito uma tesoura ao redor do clitóris, beliscando gentis pra depois começarem a chacoalhar tudo muito rápido (de um lado pro outro) e girar e quente, e aí Deise ficou sorrindo até que nenhum nome finalmente saiu da sua boca quando ela gozou. Fazia tanto tempo! O tempo sumiu inconsistente. Bateram na porta, e aí ela abriu e aí ela saiu. Sem refletir a respeito, levou os dedos para a boca e sugou sentenciando que tinha um gosto bom.

— Achei que tivesse morrido sozinha aí, caralho! Mil anos no banheiro, caramba! Me deixa passar logo, que já me mijei aqui.

* * *

Chegou com o sábado amanhecendo lá fora. Acendeu as luzes incidentais não sei por que. Tirou as sandálias, com salto fino. Tinha se acostumado. Estava muito magra e aí olhou para o sofá. Quando respirou, o ar começou a passar muito forte pela garganta e já não se lembrava mais de como era a sensação de oxigenar. Precisava se lembrar.

Ele estava lá, e Deise tentou codificar alguma crítica, alguma coisa onde ela era vista naquele rosto familiar. "Finamente chegando em casa", imaginou, mas não houve. Tampouco ele entrara num caminho espirituoso de perguntar como que tinha sido, quem que foi. Não questionou suas roupas, que essas roupas nem cabem mais em você, nem seu rosto bem borrado, os pés com bolhas, as manchas ou com frio. Permaneceu só ali. Estático num sorriso.

Deise deixou a chave repousar na mesinha perto da porta. Quase escorregou da mão.

— Eu não quero mais você aqui — anunciou num filete de água da torneira.

Era esperado que ele não dissesse nada, mas Deise estaria mentindo se dissesse que não teve esperança de uma virada dessas que surpreendem, de filme. Teve. Mas era ele mantendo o sorriso receptivo sem esboçar reação.

— Quero você vá embora daqui! Agora!!

Ele com as pernas afastadas, os braços apoiados nas coxas. Aguardando o quê?

— AGORA!!!!

Ele usava uma camiseta com listras e jeans.

Deise deu três passos até o sofá e o levantou com um abraço de frente. Depois o virou de costas e não se lembrava de que pesava tanto, mas foi arrastando pelo chão. Livrou uma mão, afastou a mesa de centro, a samambaia, a costela de adão, as cortinas e recuperou o fôlego, os braços. Usou de praticidade para abrir a janela e atirar o manequim, que despencou rápido os oito andares e se espatifou em peças pouco reconhecíveis lá no chão duro da calçada.

ALERGIA À PORRA

A alergia ficou imperceptível até a chegada dos 16 anos, quando aconteceu a primeira trepada, com o professor de Química da escola. O negócio foi muito sem aviso, muito avassalador, e, em poucos meses, ela já não imaginava a vida sem isso: sem o sexo, sem o homem, sem a casa. Mas aquele dia tão comum, na chegada dos 16 anos, revelou a alergia à porra.

* * *

A intensidade tomava conta de tudo nela, mas, principalmente, tomava conta de tudo dele. Nunca dá pra gente dizer com certeza sobre como as coisas sentimentais chegam e dizimam toda a alma de uma pessoa quando já se passou de uma certa idade, quando já se reúne uma certa quantidade de vida vivida e de frustrações amontoadas, de promessas de nunca mais, de ódios eternos, de necessidades de subjugar terceiros às nossas próprias vontades; nunca dá pra dizer, mas todas as suas sensações apontavam para o axioma tão básico quanto letal que inscrevia e inscrevia: a paixão por Luiza sempre estivera lá. Não acreditava que havia adquirido um amor por aquela adolescente, não. Tudo se apresentava dormente, apenas e então punha-se repentinamente em movimento e seguiria sua trajetória por toda a eternidade, calculava, demolindo tudo por onde passasse. Podemos resumir da seguinte forma: envolto num sentimento desesperado e inadequado, desejante, ele se lançava em pensamentos invasivos e repetitivos, em fantasias de domingo, cachorros e pássaros. Portava-se como as mesmíssimas coisas daquele primeiro amor de menina.

* * *

A paixão letal e básica em movimento demolindo tudo pelo trajeto quando a vira pela primeira vez. A paixão letal e básica em movimento demolindo tudo pelo trajeto no momento em que ela saiu da casa deles arrastando a mala grande, um casaco pendurado nos braços, dizendo que ia pegar um ônibus mesmo, não queria carona, sério, não precisa. Enfim. Era cada um do seu jeito, nos seus hormônios e tramas misturados num desespero e num entendimento raros atestados nas conversas baixas pelos corredores, nas observações feitas a cada levantar dos dedos de Luiza durante uma ou outra parte da tabela periódica e nos livros que trocavam quase em segredo.

Num dia lá, meses infinitos depois, finalmente ela conseguiu a oportunidade de se desvencilhar das amigas e dos horários que a mãe impunha para chegar em casa. Eram outros tempos, e não alarmou a cabeça de ninguém o professor ali parado no carro cinza dizendo que levaria a menina até a Biblioteca Municipal. A cabeça de absolutamente ninguém.

* * *

O caminho da escola até o apartamento da Tijuca era absurdamente pequeno, e aí, em menos de cinco minutos, lá estava ela dando o oitavo beijo na boca que já dera na vida. Mas não de um daqueles meninos toscos, porque aquilo sim era um homem de verdade, justamente a atraía por lhe parecer realmente sólido. Ele devia ter um plano, ela tinha um plano, e aquilo pareceu muito certo, ter planos. Os planos eram muito encaixados nos braços dele, nas mãos passando nela toda sabendo exatamente o que provocariam, nos olhos sorridentes diante dos gemidos dela, nas explicações dele sobre o que seria epistemologia, nos cuidados dele, nas tortas compradas em lugares especiais que ele lhe trazia esclarecendo: sabia de suas dificuldades em casa.

Luiza tinha uma certeza tão eufórica quanto epistemológica de que ele iria contribuir imensamente para a completude da sua alma e de que ela mesma iria completar a dele e completar a vida dele em termos afetivos e práticos. Para Luiza, ao lado daquele homem a vida finalmente seria uma fantástica repetição de rotinas, seria quase que isenta de sobressaltos ou tragédias. Seria felicidade.

Foi com isso em mente, ou porque percebia uma necessidade urgente de demonstrar que sua maturidade era muito maior que a das outras garotas da turma, que ela saltou do colo direto para o chão, tomando posição entre as pernas dele, os joelhos indo direto para o tapete: vermelho. Enfiou tudo na boca de uma vez tentando lembrar do conselho sobre os dentes, que não era pra arrastar os dentes, vai entreaberta. Não morda! Mas deu pra sentir a textura meio plástica e meio molenga e meio lisinha na língua e na ponta da língua. Investigou aquela coisa inédita de ter a genitália de alguém na própria boca. Deu pra sentir que ele a olhava de uma forma, na visão periférica, só que ela não soube descrever.

Ela era muito esperta e foi com essas competências inatas que buscou divisar, nos movimentos que ela fazia, os movimentos que ele fazia, os sons que ele fazia. Foi experimentando entre as mãos, com os cabelos loiros caindo na cara super vermelha (ela afastava as mechas dos cabelos catapultando tudo pra trás, usando a parte interna dos braços). A coxa esfregando e escorregando na coxa. Experimentou enfiar na boca passando antes os lábios como se fossem uma porta, e foi nesse exato momento aí que ele jurou por Deus que Deus o havia abandonado. Luiza no seu tapete. Estava diante daquela imagem que o iria perseguir por anos a fio, isenta de piedade, a imagem; do seu pau sendo muito engolido pela boquinha carnuda de Luiza, a baba escorrendo. A civilidade declarou desistência, e a razão e o silêncio e tudo sumiu numa ventania dos desejos mais perfeitos do seu pau.

* * *

Ela sentiu o jato morno invadir toda a superfície da língua indo encher todo o interior da boca e até mesmo os dentes de baixo. Parte daquilo começou a derramar. Disseram pra ela que o certo mesmo era engolir, e aí ela tentou engolir, mas era muito na quantidade e tinha um sabor absurdo, era uma água sanitária viscosa e morna. Amontoava ali na sua boca. Veio um impulso, veio uma dúvida, impulso. E cuspiu tudo esfregando a mão na cara enquanto ele se apoiava nos seus cabelos, com as mãos, levemente. Haviam terminado alguma coisa. Uma satisfação inédita ia tomando conta da pequena sala, do apartamento intelectual. Tapete vermelho. O líquido escorrendo na respiração confusa, um gosto ruim, mas ela buscou fixar em cada coisa que tinha no rosto dele, no carinho e gratidão daqueles olhos. O líquido caindo silenciosamente no colo, sobre o seio, ela olhando fascinada pra tudo que tinha conseguido, ela tentando limpar. Ela ia tentando limpar, mas a coisa parecia espalhar ainda mais por tudo. Será que ia ficar cheiro forte? A mãe ia perceber. Acabou! A mãe e as amigas falavam sobre muitos assuntos com ela, mas ela nunca sentia como se tivesse realmente entendido as mensagens. O outro lado do vidro. Talvez precisasse de água pra limpar. Agora parecia que havia porra escorrida por toda parte. No seu corpo e, por onde havia incidentalmente caído, estavam aparecendo uns rastros vermelhos. De maneira repentina, fulminante, Luiza começou a se coçar. A princípio era leve, e então começou a imprimir bastante violência nas unhas. Foi exatamente assim.

* * *

Imediatamente, ele correu para pegar uma toalha úmida, passou nela, no rosto, no colo. Não adiantou. Ela foi na pia e passou um sabonete comum que pousava, água. Nada. Ele lembrou que melhor era um sabão neutro, e ela passou o sabão de coco que ele estendia, mas a melhora não pareceu efetiva. Meteu-se no chuveiro. Esfregou tudo, esfregou e esfregou até que sentiu alívio. Mas bastava o afastamento mínimo da água caindo que tudo voltava. Acabou decidindo sair e então se viu no espelho, cheia de marcas, as marcas que pareciam estar se multiplicando e coçando tanto que logo os arranhões começaram a se abrir em feridas.

Ele entregou o antialérgico para uma Luiza que chorava baixo e entorpecida molhando o banheiro todo, o corpo molhado. Tinha corrido feito louco pelo apartamento esfregando os cabelos suados, buscando qualquer ideia, uma ideia de um adulto normal, mas ele não era um adulto normal, era um imbecil, ferira Luiza, a aluna sangrando pelas escaras causadas pelo seu gozo. Lá no apartamento da Tijuca. Limpava as lágrimas dela levemente com uma toalha de mão, incapaz de tocar nela novamente, temendo que ela se desfizesse.

O antialérgico veio em boa hora. Meia hora depois, todos muito mais calmos, acabariam a tarde assistindo a um filme, conforme ela pedira em um dos bilhetinhos, enviado no meio da aula.

* * *

O casamento aconteceu logo depois da formatura do terceiro ano. Muito discreto, no cartório, seguido de um almoço simplíssimo, mas muito feliz e coberto por uma aura de alívio das duas famílias. Ela tinha poucos objetos e, na verdade, a cada vez que visitava o apartamento acabava levando uma coisa nova, de forma que a mudança completa foi toda feita em um único dia.

O apartamento logo estava mais iluminado, mais arejado agora que Luiza estava em sua vida. Os livros mais organizados. O mesmo rolou com os DVDs que ele colecionava e que agora já eram duas vezes mais numerosos porque ela também era uma colecionadora. Era entusiasta de filmes espanhóis, Almodóvar era seu preferido. Ele se perdia nos próprios risos de orgulho: ela era tão inteligente, sua esposa tão jovem. O sexo era frequentemente concretizado. Passados os percalços das primeiras tentativas, tornou-se uma série de belezas e intensidades. Ela aprendia coisas novas e ensinava coisas novas. Ambos se divertiam na descoberta de um monte de truques e funcionalidades de ambos os corpos. Definitivamente trabalhavam muito bem juntos e se deleitavam com a vida que escorregava tão fácil por entre os dias. Viagens. Planos. Livros. Móveis. O sexo era uma delícia, e a camisinha uma companhia mandatória.

* * *

Para ela, a rotina do uso da camisinha era nada além disso mesmo, de rotina e protocolo necessário. Trivial como escovar os dentes. As marcas de preferência, de camisinha e creme dental, já ali bem gravadas, parte integrante das compras do mês. Mas não, para ele não era assim. Ele volta e meia insistia, ansioso, é sério, amor, de repente passou. Jurava que passaria, acreditando que a exposição repetitiva seria o próprio antídoto para a situação venenosa.

— Amor, você sabe, eu tenho medo... coloca por favor...— e ela sempre pedia tão manhosa! E risonha. Ele só queria sentir um pouquinho como era dentro dela sem restrições, mas sem problemas, ela pedia e ele se jogaria da janela por Luiza.

A penetração era com camisinha. O boquete com camisinha. Ela já encaixava nele durante os amassos, porque aí evitava qualquer esquecimento. Anal com camisinha. Ela invariavelmente corria para o banho toda vez que ele ejaculava, por precaução. Certa vez, num descarte temporário de autopreservação desses que acontecem depois da terceira cerveja, resolveram experimentar não usar. Ela andava fazendo um tratamento desses de imunidade, podia dar tão certo. Terminaram dando entrada no pronto atendimento do plano às 3 da manhã, com Luiza explicando que as gravíssimas escoriações vaginais não eram violência doméstica. As enfermeiras consideraram a história integralmente inverossímil e, enquanto o corticoide caía através da bolsa de soro, recitaram as letras da Lei. Camisinha era mandatória.

* * *

O tempo vai e passa, mas, muito oposta às expectativas do marido, a alergia não passou. Ao contrário, começou a se expandir. Alguns porquês são desse jeito, inacessíveis. Veio a alergia à umidade do ar e à poeira. Alergia à maresia (se manifestando numa série de espirros), também aos mosquitos (e eles amavam Ilha Grande!). Alguns tecidos traziam as conhecidas coceiras de volta, e não usava mais adornos como brincos ou cordões se não fossem de material criteriosamente selecionados. Mas as mudanças na vida prática vieram de forma lenta e passaram quase despercebidas até mesmo para o casal. Foi a mãe dela quem primeiro estranhou o fato de o apartamento ter ganhado tantas capas para tudo. Os dois controles remotos, o micro-ondas, a luminária do escritório. O celular dela também era todo revestido. E o dele. Muitos livros. Os ternos e vestidos ganharam uma proteção plástica mais escura que, segundo Luiza, tinham a dupla funcionalidade de proteger dos micróbios e também da luz solar. O carro novo pareceria sempre novo, porque os plásticos da concessionária permaneceram lá. Todo mundo se divertia imensamente com as excentricidades do casal. Com as excentricidades de Luiza.

Ela tinha tomado horror a contaminações. Estudava vírus, proteínas, vermes e lia bulas diversas. Dava consultas online para as amigas e distribuía medicações aos vizinhos com grande assertividade. O prazer em ajudar, o prazer em encontrar uma pomada cara ou um remédio mais raro lá arquivado no seu armário era uma das maiores satisfações que nutria.

* * *

Ele dia e noite consumidos pela verdadeira adoração que tinha pela mulher, mas a percebia se isolando cada vez mais naquele universo de infecções, alergias e contágios. Ela respondia aos questionamentos do marido explicando que coisas ruins podiam acontecer a qualquer momento e que ninguém a entendia, que aquilo era cuidado e que sempre tivera responsabilidades demais desde muito cedo. E que via coisas erradas e perigosas e que não entendia como ninguém mais enxergava aquilo tudo tão óbvio. Logo o sexo entrou na pauta das coisas que precisavam ser modificadas a fim de se encaixarem na cultura asséptica da família. Eram muitas trocas de fluido, muito suor, saliva, e era impossível efetivamente higienizar a casa devidamente.

Alarmado, ele teve uma ideia: deviam se mudar, deviam migrar para uma casa, para um lugar maior, com quintal, mais ventilado, longe da poluição. Os resultados apareceram logo. Luiza ganhou novamente uma cara boa, sorrisos e passou a trabalhar a algumas quadras de casa. Comentava novos livros e mil progressos corporativos. Voltou a usar batom e não manifestou mais uma antiga alergia aos corantes vermelhos das maquiagens. Era importante no ambiente de trabalho.

* * *

Ela foi embora cinco meses depois. Um negócio todo muito absurdo, muito avassalador. No escritório de contabilidade tinha esse cara com barba, e ela sempre tinha detestado barba, também ele parecia que não estava nem aí para a contabilidade do escritório. O sujeito lhe inspirava uma aversão com aquelas posturas tão feias. E tatuado: você sabia que tatuagens podem causar infecções terríveis? Esses estúdios são perigosos. Ele a acusava de ser insuportável e ria, e então eles eram obrigados a fazer tarefas num mesmo espaço físico desses minúsculos e terminavam todo o trabalho de forma bastante competente e passaram juntos por umas pressões injustas da chefia, até que ela o arrastou pela roupa repentina, direto para uma das salas — era final do expediente — e comeu o homem sem piedade alguma. No dia seguinte, ele tinha múltiplos músculos distendidos, mas sorria entorpecido. Foram dias e horas seguidos. A verdade é que nem ela nem ele sabiam que era possível trepadas se alongarem por tanto tempo. Ainda mais num escritório, numa hora extra, num feriado.

* * *

Luiza saiu arrastando a mala grande. Ia dividir o apartamento com uma amiga, anunciou em dado momento. Teve um abraço muito longo, agradecimentos, repetidos "não acredito nisso". Depois ela foi embora para sempre só porque era muito maior do que ele, só porque era completamente doida. Ele se jogaria de um décimo terceiro andar se Luiza pedisse. Ofereceu uma carona, mas ela disse que ia pegar um ônibus mesmo, é sério, não precisa.

Ele ficou lá no sofá esfregando o próprio rosto, deixando o horror letal do término esmagar tudo. Sabia que ela tinha se apaixonado por esse cara do escritório. Era diferente de como tinha sido com o cara do curso de inglês, ou com o cara do sindicato, ou mesmo com o cara do bar no Grajaú. Tudo porque ele era um merda! E Luiza nem levou a caixa de antialérgico, meu Deus!

FADE OUT

ZDRUGS

E essas vozes ficam meio que voando em cima de você, na beira da cama, como se você fosse muito pequeno ou estivesse sentado. Dizem que ninguém em juízo perfeito ouve vozes, mas eu nem estou efetivamente ouvindo, entende? É uma coisa que a medicação causa, essas noções. São umas doses brancas e pequenas muito amigáveis que te dizem pra dormir flutuando logo ali em cima, na beira da cama, entre o teto e o colchão, e agora parece que ficou confortável e é possível finalmente relaxar no chão gelado da sua rua. O asfalto geladinho com o sereno caindo. Eles me mandam ficar ali quieta na rua e, meu Deus, sou muito obediente. Senhora, por favor, senhora, tente não se mexer. Uma coisa assim tão macia, as vozes alheias comentando mil coisas que não entendo. Me deixam ficar aqui um instante. As luzes coloridas do veículo brilhavam junto com o ruído da sirene, girando na noite, vou obedecer no rosto molhado de sereno e também de um choro autônomo que cai.

* * *

Os efeitos variam. Tem gente que jura ter visto a geladeira andar, tem gente que, belo dia, descobriu compras online, pedidos confirmados, chega em oito dias úteis. Tem gente que fala pra namorada: uma perseguição se inicia, colando o nariz hiper observador na janela. Os que não sentem os braços e as pernas e inclusive se mijam. Um seleto grupo entra no troço de euforia e aí esse seleto grupo transa num entusiasmo que raramente se vê. Aquela nuvem difusa, mas numa nuvem tão tarada quanto megalomaníaca, em *slow motion*, que se dissipa misteriosamente. A pessoa derrama inerte em cima do pau. Algumas pessoas comem tudo o que encontram, e depois tudo acaba, e vão pra rua catar mais. Pessoas que, por exemplo, não comeriam um Cheetos se veem lá comendo, sei lá, o de requeijão. Alguns travam horas de conversas com seres existentes ou não existentes — sendo esse último o cenário mais provável. Mensagens de texto e lives no Instagram. Tudo passa, e todos acordam invariavelmente incapazes de recobrar uma única lembrança desses momentos, ficando então, como substituto da memória, um constrangimento desses incomensuráveis. Mas, ok, eu não estou em busca de pirotecnia, isso aqui vai ser só mais uma masturbação diária. Só. Preciso dormir. Cerveja. Masturbação e o vibrador tremendo num padrão que humanos não seriam capazes de reproduzir; conforme Jordana Machado descreveu e recomendou. Não quero movimentos humanos. Hemitartarato de Zolpidem 10mg. Os efeitos variam, então tome seu comprimido de banho tomado, já recolhido em sua cama, em posição confortável, em local seguro.

* * *

A primeira vez que ouvi falar do Zolpidem foi na terapia. Eu tava com aquele outro cara na época, com o freudiano, e havia esse arranjo de usarmos simplesmente a voz no telefone, o som. Ninguém mais realmente usa o telefone, mas aconteceu a partir daí. A esperança é o primeiro movimento do amor. Foi como no dia em que o ônibus apareceu vindo do nada em cima de mim na rua completamente vazia e buzinou, e eu meio que atirei a bicicleta na calçada sem conseguir respirar. Ele ouviu atentamente. O terapeuta. Um ônibus vermelho que surgia, um lapso de tempo... Um ônibus real! Exatamente! Existe sempre uma dúvida ou sempre uma certeza de que as coisas somem e aparecem. As memórias. Meu filho. Minha voz. A chaleira gritando, meu marido perguntando se tá tudo ok enquanto a água da torneira empurra a espuma. Lapso. Tá tudo ok. Ursos. Mas agora havia esperança na clínica psiquiátrica.

O único objetivo do remédio é fazer dormir. Qualquer outra informação a respeito é uma tangente cosmética, dispensável. Sua ação é brutal, sentida imediatamente por todo lado. No oposto, tem sua eliminação do corpo: gentil e desconcertante de tão gentil. Mantenha-se minimamente hidratado e observe que, em poucas horas, a química desaparece sem deixar quaisquer marcas consideráveis, sem deixar aquele gosto de graveto que insiste na boca (Quetiapina) ou uma sensação chatíssima e aparentemente eterna de chapação estilo filme de hospício (Lexotan). Não. A função desse cara é elegante e objetiva: apagar o sujeito. Ponto. Sem mais. Sem frescura. A tecnologia humana chegando no topo de si mesma na forma de um comprimido tão pequeno que os anos noventa nada puderam fazer além de se jogar a seus pés oferecendo reinos e incensos. Trata-se de "indutor de sono", o analista explicou, com a fala sempre inexplicavelmente lenta do outro lado da linha. Se bem que ninguém usa mais a expressão do outro lado da linha hoje em dia.

* * *

Uns amigos da área médica me arranjaram a primeira receita, visto que psicanalistas nem médicos são, e lá fui eu saindo da farmácia num medo danado de engajar com uma medicação desconhecida, mas a gente pensa bem e percebe que nada seria mais desagradável do que um ônibus vermelho atropelando. Deitei com o comprimido e a água do filtro, já tentando não pensar nos ursos, nos lapsos, nos gravetos ou no mel. Veio o dia seguinte. No dia seguinte, sério, a glória! A glória mais rasteira que se pode sentir que é essa glória de adormecer completamente. Dormir, dormir, e sonhar, e descansar. Você sente a dignidade recobrir o corpo. Nada mais de acordar meia hora depois, acorda, dorme meia hora. Acabou. E nada mais de ficar com os olhos no teto, nas cortinas, no relógio, olhos presos na raiva, no medo e sempre vigilantes, sempre levantando pra ver se a criança ainda respira, se há mosquitos, se tem bateria no celular e o emaranhado de luzes vindas sabe Deus de onde. Invasoras. Esses montes de imagens, essas luzes invasoras, essas que você precisa parar de pensar, VOCÊ PRECISA SE ESFORÇAR MAIS. O imenso saco plástico cinza e o corpo cinza dentro do saco. O teto fica em cima pairando, e você acorda meia hora depois com um medo bem simples. Ou com uma incompreensão. Mantenha os olhos abertos, VOCÊ PRECISA SE ESFORÇAR MAIS, porque senão o ônibus vem atropelando, tem que tomar cuidado. A espuma atropelando a louça, meu antigo homem perguntando o que tá acontecendo com você? enquanto o arroz vai queimando na panela, a espuma espumando, a água empurrando, mas, principalmente, enquanto o saco é cinza.

* * *

As memórias desapareceram, e ficou só aquilo: não éramos próximas nem nada e mal nos suportávamos, mas não havia nenhuma necessidade de a terem matado. Quer dizer, não havia. O corpo dela também era o meu corpo. Entrei no lugar, e ao redor tinham posicionado outros corpos, mas estavam todos cobertos com panos. Alguns panos estavam com sangue e outros com manchas amareladas, não sei direito o que seria. Sei que ela tinha ficado um tempão batendo no cilindro de O2, se debatendo em desespero, tremendo na cama, a roupa caindo, e eu dizendo que eu não sei ligar! Eu não sei ligar!

— Quem vai fazer o reconhecimento do corpo?

Atravessei a rua acompanhando o funcionário do hospital porque nem tinha outra escolha. Ela tinha dito baixinho você precisa ligar pra polícia, esse lugar é uma palhaçada. Disseram que ela estava sob efeito de hipnóticos, e comecei a gritar na UTI.

Zdrugs. Zopiclone, Eszopiclone, Zaleplom e Zolpidem.

Ambien 10mg.

Tempos depois, fui ler a respeito porque gosto de me manter informada dos meus enganos. A essa altura, fica redundante dizer que já era tarde demais. O corpo elimina toda química, mas a memória retém deliciosamente cada microideia do sono eficaz, do sono perfeito, rápido. Como pensar em abrir mão do quanto é gostoso? Você e todos os seus pensamentos — junto com todas as vozes, lembranças e futuros —, você vai apagar. Como abrir mão? A química desaparece e deixa um bilhetinho insistente, diário, lembrete de que não é possível viver dignamente sem ela. Tudo parecia mais seguro, bem mais distante, tudo exceto a dor esmagando 24h de estar no giro das perdas correndo muito pela floresta feito um urso no incêndio, as folhas pegando fogo, os gravetos. *Fade out* das memórias, e pareceu que era bem possível parar com os comprimidos, mas aconteceu o seguinte. Ele queria comer a babá, ele me fez abraçar a babá que ele queria comer, mas tão docemente que ele propôs porque ela chorava, e eu abracei aquela mulher-criança órfã pensando que eu também era órfã. Isso foi no dia das mães. Foi justamente a babá quem me contou, alguns dias depois, todo daquele negócio. Fiquei assustada com aquele desconhecido e logo imaginei que todo mundo ia dizer (baixinho) uníssono *chama a polícia* por causa de todo aquele negócio que ele tinha feito, *chama a polícia*. Eu chamaria. Não se podia concordar com aquilo nem com todos os demais aquilos que ele tinha feito, mas acontece que todos aqueles sucedidos pareciam razoáveis porque atingiam apenas a mim. Mas agora temos aquelas meninas, e fiquei tão assustada e saí de casa puxando a criança confusa pela mão. Ela foi muito gentil comigo, a babá, ao explicar que não entendia exatamente o que tinha se passado, mas que sentia muito. Isso foi uns 20 dias depois do enterro, e, pra mim, a lição mais valiosa é que se deve evitar a qualquer custo misturar Ambien com álcool. O conselho vale para qualquer Zdrug, porque os efeitos variam em dezenas de aleatoriedades arriscadas. Justamente por isso, é importante treinar seu cérebro durante a sobriedade pra que essa info essencial não escape e a racionalidade vá pro saco. O foda é que só estou sabendo disso agora, então todo dia virou um potencial dia de festa com minha camisola favorita. Comprei várias, aproveitando essas liquidações da pandemia. Garrafas e latas.

O Zolpidem 10mg e cervejas delivery no débito, porque o saco cinza precisa desaparecer junto com a piedade da babá.

* * *

— Quem vai fazer o reconhecimento? A senhora?

Aquela lá morta nem era mais ela, mas isso não importa. Até expliquei pro funcionário que, quando eu morresse, ia ter de ser um saco coberto de glitter, porque eu achava aquele cinza muito deprimente. O funcionário não riu da piada. Ela estava roxa e dura e verde, cinza. O cara do necrotério abriu o zíper e me entregou um monte de troços que estavam lá dentro, hidratantes, escova de dentes, chinelos, enquanto os outros corpos ao redor nem ligavam. Meu corpo era os outros corpos? Nunca mais dormi depois daquilo. Tudo só piorou com os piores acontecimentos que viriam nos dias seguintes, quando me veio ao conhecimento meu casamento com um estranho, quando a criança chorou no cheiro de esgoto daquela nova casa, quando o cachorrinho teve de ser sacrificado no meu aniversário. Digamos que a angústia me esmagou.

As vozes ficam por ali voando, e você parece menor, você parece de joelhos, muito tranquilo. Deitado. Tudo vai ficando meio côncavo, até que apaga, e o cidadão dorme tranquilo sem se lembrar de absolutamente nada do que efetivamente o levou até aquele momento. Os ursos correndo projetados pela televisão, a vida é selvagem. Abro a cerveja, mas essa vai ser a última, juro. O Zolpidem tem ação dentro de 30 minutos após a ingestão do comprimido, encurtando o tempo normativo de introdução ao sono. Reduz o número de despertares noturnos. Você deve tomar os comprimidos com líquido por via oral. O uso prolongado não é recomendado, a duração do tratamento deve ser a menor possível e, assim como com todos os hipnóticos, não deve ultrapassar quatro semanas. Sou muito boa em obedecer, mas agora já são muitos meses de um relacionamento com escolhas, e talvez essas escolhas não tenham sido as melhores, mas foi o que se pôde fazer. É a última lata, tome seu comprimido ciente do caminho sem volta (uma vez engolido), e agora tem que achar rápido um lugar pra deitar. Últimos instantes. Tem que garantir a higiene noturna, tem que desligar a televisão, tem que olhar mais duas vezes se a porta foi trancada e verificar se a louça foi mesmo lavada. Amanhã juro que não farei mais isso, amanhã vou tentar com um chá de erva-cidreira. Amanhã. Amanhã eu acordo já pensando em amanhã. A percepção vai lentamente ficando outra coisa que não é percepção, mas o remédio tem vida curta e amanhã vai dissipar em poucas horas. Não haverá tonturas ou fraqueza. É um despertar tranquilo, e é você sentindo que foi possível processar os acontecimentos passados e presentes, até os futuros. Você não vai se lembrar de porra nenhuma.

O psiquiatra olhando pra minha cara depois de assinar o próprio carimbo. Era um pedido de exames. Ficou parado. Parado por quê?

— Mas e o Zolpidem, doutor Paulo? Desculpa, doutor, não quero fazer uma grosseria dessas assim de parecer que o senhor é um traficante, que eu estou subindo o morro aqui atrás de pó, mas preciso da receita do Zolpidem. Entende, doutor Paulo? Preciso.

— Eu ia esquecendo! Claro! Não, não, e esse é o pior momento para tirar o Zolpidem. Talvez outra hora. Podemos tentar mais pra frente, testar meia dose sublingual, mas, por hora, não se preocupe. Mantenha os exercícios, hein? Tente trocar uma lata de cerveja pela busca de um bumbum perfeito. Vou fazer duas receitas, é bom ter uma de reserva, não é mesmo?

Bato palminhas, meus olhos brilham na certeza de que Dr. Paulo nem é gente. Dr. Paulo é Betinho, é Caetano. A indústria farmacêutica deve recompensá-lo bem. Reinos e incensos.

* * *

O quarto vai ficando redondo, e o vozerio animado lá no alto com o cetim do travesseiro fazendo cócegas na bochecha, o algodão se juntando aos meus olhos que não se sustentariam mais abertos, abertos juntamente com as folhas, na luminária do teto, nos docinhos do jogo, adoro a jujuba turquesa do Candy Crush, Animal Planet, juntamente com as risadas, as luzes são amarelas, violetas e azuis. O meu quarto.

No asfalto gelado com a ambulância, meus olhos brilham, tente não se mexer, senhora, mas não consigo parar as lágrimas. As lágrimas vão sendo empurradas de dentro pra fora do corpo. O menino na farmácia falou desejo melhoras me estendendo a nota fiscal, no quarto redondo, todo mundo tão gentil, meu corpo turquesa, um novo vibrador quebrado, molhado, o quarto do meu filho hoje também está vazio. Eu sabia que não deveria ter saído de casa, mas não é como se realmente eu me lembrasse de algo.

O CORPO RECONHECÍVEL

I

O critério social da verdade não tem mais valor para o doente; e neste mundo que a ausência do outro privou de solidez objetiva, ele faz penetrar todo um universo de símbolos, de fantasmas, de pavores; este mundo no qual apagou-se o olhar do outro torna-se permeável às alucinações e aos delírios.

Michel Foucalt, 1954

II

Na véspera da intervenção administramos 0,20 centigrs. de Luminal e, na manhã da operação, mais 0,10 centigrs. Nos agitados temos usado Scophedal como anestésico de base, com bons resultados. A cabeça do doente é raspada somente o necessário para garantir a assepsia em torno do ponto da trepanação.

Egas Moniz, 1936

III. Remoção da perna que eu mais amava

O médico foi passando as informações ao mesmo tempo em que escrevia, porque os médicos têm esse talento de tarefas múltiplas, divergentes; cada sentido puxando para um lado.

Dizia que seria necessária uma dieta bastante estrita com um jantar leve até às dez da noite e, a partir daí, somente poucos goles de água, talvez café, talvez suco de meio limão, talvez com pouco de açúcar. Na hora em que ele falou, meus olhos começaram automaticamente a virar de um lado para o outro numa tentativa tonta de buscar um sentido convergente nas tarefas duplas, porque era necessário ouvir atentamente cada ponto da explicação e era necessário não deixar que o desespero tomasse conta. Tinha que guardar tudo na memória, na memória em que toda a minha vida se repete e somente o necessário fica sendo esquecido. O desespero tomava conta, corria como um fogo por cima de tudo, devastava tudo, ficava difícil engolir. A própria saliva — tudo — pra segurar a água que queria, a qualquer custo, verter pra fora do corpo molhando os cílios.

A clínica era muito bonita e bem decorada em tons rosados, mas o ar-condicionado era incrivelmente forte a ponto de eu imaginar que estava com febre. Provavelmente estava. A luz entrava tímida, de sol, através das persianas de uma limpeza excelente, e dava pra ver os micos brincando nos fios de alta tensão, muito pequenos, uma gracinha, com a neblina passando mais pra longe nos morros verdes da

Gávea. Havia música alta, mas, de onde eu estava, a música já chegava bastante desgastada, música caribenha. Explicaram que fazia parte da terapia dos jovens pacientes, todos fantasticamente tristes. Mas fixei o olhar nos micos e pensei em sacar o celular, tirar uma foto que serviria bem no Instagram, num story, mas seria estranho fazer isso na frente do médico. Não toquei no celular. Os micos nos fios. Na hora me veio a lembrança do dia em que meu filho nasceu, do almoço olhando o bebê nascido há poucas horas e dormindo muito pacífico num bercinho transparente desses que se usam hoje em dia. O almoço era carne com molho, e a felicidade tomava conta do quarto, do bebê dormindo, e uma família de macaquinhos também brincava lá fora, se via através da janela mal limpa. Os bichos brincavam sem jamais serem eletrocutados.

— Você garante pra mim que vai seguir tudo exatamente como estamos combinando aqui? Jejum total?

Ele destacou o papel e me entregou com a mão de um rosto competente, bem vestido, confiável. Um caderno com capa de couro repousando em cima da mesa. Tudo com muita firmeza. Era ele quem pessoalmente faria a retirada da perna lesionada, um pouco abaixo da virilha. Tudo com muita sentença.

Meus dedos tocaram o que ele tinha escrito, e aí depois eu li o que estava escrito. Os olhos balançando de um lado para o outro.

A partir daquele dia, as coisas ocorreram muito rapidamente, mas, claro, essa é uma impressão que tenho hoje. Na hora não, na hora era tudo feito de um fogo correndo lento devastando. Lento. Lento. Com as luzes piscando. E você pede para que aquilo acabe, mas o tempo está ocupado demais torturando cada pedaço de segundos.

Lembro de ter pegado o metrô, e era daqueles que não têm divisão entre os vagões, e eu fiquei na parte de trás encostada na parede da composição e via as pessoas todas sentadas como se elas estivessem assentadas em um túnel que se movimentava em alta velocidade. Algumas estavam em pé, e o metrô correndo, subindo, descendo, fazendo curvas como se fosse um artrópode gigantesco. Um túnel que sacudia as pessoas inertes, embalando. E estávamos todos dentro dele. Glória. Catete. Cardeal Arcoverde. Você nunca chega onde você quer quando quer chegar logo, meu filho observou certa vez.

Daí eu pergunto: e se arrancarmos uma perna do artrópode gigantesco, ele vai sentir falta? Ele tem muitas pernas. O problema é a preciosidade dos recursos limitados, e eu só tenho duas. Invejei as centopeias, os lagartos e mesmo as detestáveis lacraias. Arranque as pernas dela!! Arranque as delaaa!! Comecei a gritar como no final do *1984* quando o corpo de enfermagem já me segurava para proceder com a anestesia. Disseram que eu estava muito doente, e amputar era a única solução plausível. Foi dessa forma, exatamente dessa forma, que me justificaram a extração da orelha esquerda, de ambos os seios, do dedão do pé (também esquerdo), posteriormente do braço direito e, logo em seguida, a remoção de uma pequena parte do córtex pré-frontal. Agora era a vez da mesma perna que já figurava sem o dedão. A doença havia tomado conta de tudo, e infelizmente não havia outro modo de salvar. Não havia, e aí caiu uma chuva de sinto muito, de mas pensa bem seu filho precisa de você, de é muito triste isso mas você precisa fazer isso por ele, de mas você ainda é jovem tem tanta coisa para viver, de você é uma guerreira, de Deus não dá a ninguém um fardo que não possa carregar. Dessas diversas coisas que as pessoas dizem. Há sempre alguém dizendo alguma coisa. As pessoas segurando meu corpo, as pessoas sempre estarão dizendo muitas coisas e estarão pressionando a máscara transparente em forma de domo bem na frente do meu rosto meticulosamente maquiado, o cheiro de éter, no corredor, tons de rosa, subindo e descendo pelo subterrâneo do Rio de Janeiro, faz uma curva, Cinelândia, chopp no Amarelinho, contando as ondas no Posto 9 enquanto a bandeira colorida sacode no vento forte. Existiam muitos sorrisos nos meus sonhos, mas eles sempre duraram muito pouco. Os sonhos.

Uma coisa que pensei é que preciso ser mais resiliente. O tempo é capaz de curar tudo, e, para tudo o que o tempo não resolve, lá estará um bisturi, uma motosserra, um comprimido caro, um fósforo e quatro galões de combustível para dar jeito. Minha grande torcida, no entanto, era para que a anestesia simplesmente me levasse embora de um modo que eu não pudesse acordar para tomar aquele golpe pugilista do pânico que acontece quando você acorda e descobre que sobreviveu mas, em contrapartida, nunca mais será a pessoa que efetivamente estava viva. Você não poderá caminhar até a padaria ou, como se pode imaginar, pular amarelinha. Tyson em pessoa causando aquele impacto, pressionando o punho no seu estômago enquanto os gritos tentam ganhar vida nos meus pesadelos recorrentes, sem jamais emitir um único som. O corte logo abaixo da virilha. Pode-se dizer que aquela era minha perna favorita, a perna que mais amei, mas tiveram de retirar para eu não morrer, entende? Foi isso.

Essa justificativa muito inquestionável é, entretanto, um troço difícil de se habituar. Meus olhos mexendo de um lugar para o outro lugar. Os dedos tocaram o papel do médico, e sorri dizendo que tomaria religiosamente o suco de meio limão, que adorava limonada. Na hora em que os enfermeiros me seguraram, foi impossível conter aquele choro que tinha ficado guardado feito uma carta antiga que a gente precisa libertar da caixa, lá de dentro, a carta escondida como quando — naquela vez — o cara tampou minha boca e começou a surrar meus quadris com os cotovelos enquanto metia.

* * *

Chorei, mas muito quieta, sempre, já que não se deve incomodar os outros. Isso é grosseiro. Você tem que se deixar levar quando não há mais o que ser feito e ser resiliente quando não existe mais capacidade física seja para a luta ou seja para a fuga. Entretanto, é sempre esquisito estar diante da destruição inexorável. Vai contra todos os instintos (luta/fuga), e a única saída entre aspas possível está no som do estalo quando a corda quebra junto da testa e o mundo entra em *fade out (a mente começa a criar histórias que acontecem em uma parede, e você agora já está muito longe, num lugar tão macio, andando pela cidade, você nem se mexe, as coisas parecem um filme, a dor, a violência, a revelação da mentira, a inadequação, o travesseiro na cara, é tudo só um filme na parede, a mente começa a criar histórias mais confortáveis onde nada realmente nunca aconteceu. as mãos estão de volta, a perna está de volta e as orelhas. vou fingir que são meu corpo, mas de quem são esses pés? nada nunca aconteceu).*

* * *

A família de macaquinhos caindo esturricada num choque elétrico inesperado causado por uma falha na manutenção dos cabos de alta tensão da companhia de energia elétrica do Rio de Janeiro, bem no meio da rua. A luz do sol entrando através das árvores, o painel em led informando que ainda faltam muitas estações para chegar, meu filho pedindo mamãe me ajuda enquanto os ossos rádio e ulna estavam partidos depois de uma queda boba na escola, e ninguém o atendia no ambulatório, e eu o abraçava pedindo pelo amor de Deus, deem logo uma droga para minha criança!

* * *

Piscando na cama do hospital, olhando para o belíssimo teto turquesa vitoriano do hospital, em detalhes dourados, paralisada da cintura para baixo, pensei que, francamente, eu tinha demorado tanto e cheguei a parte alguma. Eu sempre soube que não haveria eu quando tudo se tornasse uma sucessão de dias correndo por cima de um corpo irreconhecível. Existem os rasgos e as costuras. Existem as lacerações e a caridade daqueles que tentam curar. Existem muitos estupros, e existe o tempo. Mas nada, nada pode ser considerado superior ao corpo que antes se jurava inteiro balançando inerte de biquíni no sol forte da piscina. Música caribenha. Olha, essas lembranças é que fodem tudo.

MEMBRO-FANTASMA

A última vez que eu o vi foi muito diferente da última vez que o vi. É realmente raro que dois momentos, sendo o mesmo, apresentem uma total falta de conexão entre si, mas foi dessa forma, e hoje entendo ainda melhor do que jurava entender, que as coisas entre mim e David sempre aconteceram em um hiato milagroso entre o trem e a plataforma.

Na última vez que eu o vi, as pontas dos meus dedos estavam enterradas na jaqueta de couro, e era um couro escuro. As unhas estavam travando o couro escuro, as mãos estavam criando um entorno meio desesperado nos braços dele junto com os carros passando de noite, com o mês de setembro, com a cidade onde fazia frio. Eu implorava para que ele não partisse. As unhas foram pintadas de vermelho, e para mim não havia razão para dar as costas, apesar de todas as argumentações lógicas tratadas ali na mesa de bar — que distava cerca de uns dois metros de onde nos víamos pela última vez. David permaneceu imóvel enquanto os lábios se mexiam em frases sobre o quanto não era bem assim, sobre o quanto nada haveria de ser tão definitivo —

somente a morte é definitiva —, calma, chama o Uber. O tom calmo e doce diferindo de uma brutalidade de ocasião.

Implorei. Implorei para que ele não se desfizesse de nós num movimento que existe quando se vira as costas e que me parecia nada menos do que uma burrice continental, um atentado à lógica, um atentado ao poema de Borges sobre as mãos que se encontram. Mas o movimento foi feito mesmo assim, o que me leva a crer que o homem que eu amo é: simplesmente um homem. Gritei para que ele parasse de ser gentil, e ele parou. Desapareceu com passos largos, na esquina.

Aquela tinha sido uma boa conversa.

Nos encontramos num desses barzinhos da Nelson Mandela sob protestos dele a respeito do quanto aquilo não era o Baixo Botafogo, aquilo era o Alto Baixo Botafogo criado por pessoas que não tinham interesse algum em estar cercadas dos botecos com cerveja barata e dos petiscos de procedência duvidosa que genuinamente caracterizam o *core* do Baixo Botafogo. Ele tinha me pedido para escolher o lugar, e eu escolhi o lugar, mas o lugar não servia.

Na última vez que nos vimos, falamos sobre o que pretendíamos do futuro, comemos, falamos de trabalho, do alto preço das coisas, da batedeira da ex-namorada. Migramos para o bar que funciona em uma antiga banca de jornais, com cervejas de tipos muito interessantes e que podíamos provar um pouquinho antes de comprar copos cheios. Tentei explicar que estava mais perto da menopausa do que da menarca e buscava, de maneira assumidamente antiquada, dividir com alguém os desejos do corpo além das responsabilidades de mãe. David tentou explicar que estava buscando encontrar um lugar melhor na própria cabeça num objetivo de parar de servir às outras pessoas e tentar, numa variação inédita, servir a si mesmo. Vistas as incongruências, concluímos que nada mais havia a tratar.

Levou um tempo de um David esparramado na cadeira olhando sem objetivo em direção à rua, mas aí a voz dele disse que se sentia preso na neve e que sabia que eu estava presa na neve também, mas, por algum motivo, eu me movimentava na neve, mas ele não. Provavelmente me faltava um braço. O caso é que lhe faltava a perna, e era por isso que ele não conseguia seguir.

Não pude pensar, pude somente pular sobre ele circulando seu pescoço com meus braços. Se fosse possível, queria deixá-lo aninhado entre os meus peitos. Se eu pudesse arrastá-lo na neve, mas a questão é que o tamanho impede, e o peso também, uma questão meramente anatômica, ele sempre me pareceu enorme, e meus pulsos são muito finos, minha cabeça muito cheia de álcool, de modo que nunca seria possível efetivamente convencê-lo a se lançar nos meus cuidados. Depois segurei a mão grande no meu rosto deixando que o desajuízo me permitisse sentir todas as coisas — o gesto singelo, mas os claros efeitos que provocavam permaneciam imutáveis (uma queda, o arrepio do quadril, uma calma e, finalmente, o sono que se dá quando não há mais contra o que lutar). Nisso ele riu. De que teria rido?

— Você no último trago antes de jurar nunca mais usar o cachimbo.

Seria bom ter conseguido rir também, mas, ao contrário, me senti muito envergonhada nas demonstrações de vício que não encontravam sentido de saudade no país do outro. Penso que essa palavra é, de fato, muito específica. Da mesma forma, ficou clara minha dificuldade de compreender o humor estrangeiro que se apresentava ali.

Isso foi muito diferente da última vez que nos vimos.

Naquela tarde da Lapa, falávamos de coisas, mas pedi pra ele não me contar tudo, não me contar sobre aquela história triste que ele ia me contar no dia em que nos conhecemos, porque no fundo tinha um samba, Beth Carvalho, e eu queria ouvir com calma, não daquele jeito. Ô coisinha tão bonitinha do pai. Os prédios antigos, as pessoas pedindo por favor, pode tirar uma foto minha? As reflexões sobre nossas experiências passadas naquele ponto da cidade. As coisas desaparecidas porque houvera uma peste.

Mais tarde, ele disse que me iria comigo até o ponto de ônibus, e ficamos no ponto de ônibus com a conversa sem fim até que então o ônibus veio e nos beijamos apressadamente o rosto um de cada um, felizes, e saí correndo. Não lembro se acenei. Sempre vai haver uma amizade e um desejo, uma necessidade de alcançar. Mas minhas palavras não conseguem dar conta do tempo pisando o tempo todo entre a realidade e a ficção. Nas tentativas, sobram os erros que antecedem os erros. A sorte é que me encanta o imperfeito possível.

Isso acontece porque os amores perdidos nunca encontram nada na palavra escrita. O tema dos amantes que esbarram com amores fracassados só existe na produção do som. Existe num murmúrio, num solfejo do fôlego que tenta recuperar a ligação entre um pedaço das lágrimas e o outro pedaço das lágrimas. Existe num mugido. Somente no som mesmo, num som que se sinta através de vibrações para que os surdos sintam.

O que quero dizer é que jamais teria apostado que aquela seria a última vez que nos víamos porque, no antagonismo com a outra noite, na outra parte da cidade, a despedida foi casual e divertida. Havia um senso de esperança e de que as coisas iam seguir num outro ritmo, com acertos cotidianos, com novas rotinas. Não se parecia em nada com um nunca mais.

Mas naquela última vez que estivemos juntos e, de uma maneira complicada, felizes, já estava instalado um tumor de imensas proporções, como ele disse que mais dia ou menos dia podia acontecer se ele não se cuidasse. Havia um câncer, e o câncer já havia tomado tudo ao redor, como o tempo e o sentido do tempo. Também a linguagem, a proximidade, as ambições. Já estava em curso o processo que tornaria concreto o corte do braço, da perna. Ficou foi a falta, ficou o som. Membro-fantasma.

Nada poderia desfazer, como ele chamou certa vez, nossa Pompeia. Faltariam vulcões o suficiente, penso. E isso não só porque havia ali uma felicidade e um entendimento profundo, mas porque havia também perversidades de parte a parte que se encaixavam. E tudo embrulhado num celofane furta-cor e festivo, muito bonito e transparente.

Na primeira vez, na última vez e também na última vez, estaria mentindo se dissesse não ter certeza de que nada daquilo poderia ser meu.

NADA DISSO IRÁ CAUSAR DOR ALGUMA

Para D.

Um pouco de vento ia ser suficiente. Quando tudo começou a ficar escorregadio, a única certeza que pensei foi essa, que haveria um pouquinho de vento pra soprar sua testa. Não teve. Nem uma brisa nem nada. E eu nem respirava. Passei os dedos no seu rosto, e seu olho tava ali fechado com o suor escorrendo ou evaporando. Eu poderia ter ajudado, mas não. Escorrendo ou evaporando, só queria sentir mais de você dentro de mim, então eu continuei empurrando o quadril. Escorrendo. Litros. Escorregando. Só queria você com tudo sumindo. Sentando em você. Foi fantástico porque ele tem as mãos fortes e me puxou: como se fosse a última refeição. Fazia muito calor, e os demônios sorriam preguiçosamente.

* * *

A personagem precisava se deslocar com uma imensa calma no meio de tudo, e todo o seu mundo cabia na imensidão de um prédio de oito andares. Mas como permanecer invisível se o sensor de luz do corredor parou de funcionar e agora avisa pra todo mundo, a todo momento, que alguém chegou e que alguém saiu? Rolaram comentários sobre o que tinha acontecido no apartamento 204, mas ela sempre foi meio estranha, não acha? E era bastante normal ela aparecer no meio das mães mais corretas, das donas de casa sempre usando Farm, e um silêncio rolar. Tinha ficado tempo demais no chão do corredor chorando publicamente, e nada na minha vida é de graça, é um negócio doido, toda vez que começo a acreditar, alguma coisa é estuprada e tomada de mim. Você quer ver a luz?

O sensor do corredor fazia a luz acender e apagar sem que de fato houvesse um motivo real. Podia ser um cão passando, podia ser ela com o nariz colado no vidrinho temperado da porta. Acendia e apagava rapidamente, mas parecia que todo mundo podia ver que era a personagem gritando a cada novo brilho porque vinha um susto. Do outro lado não é possível ver nada além da forma do corpo, do nariz, da mão.

* * *

A argentina Gladys no apartamento tinha pensado que o ideal era parar de esperar por seu namorado Leo. O cara era um serial killer e perdera o controle do carro na Rodovia 211, logo depois de avistar uma patrulha e sacar que, a essa altura, a polícia tinha descoberto o corpo morto no terreno baldio. Mas, como naquela época em que o Manuel Puig escreveu sobre a personagem não existia celular, ela acreditou que Leo estava sendo só tipicamente escroto, ainda que fosse publicamente conhecido por sua inteligência. A inteligência pública de Leo identificara nela algo já sabido, que ela era uma artista medíocre, excêntrica e psiquiatricamente desequilibrada. As pastilhas para os nervos e o álcool eram extremamente necessários para que Gladys vivesse uma vida minimante funcional. Ele entendia suas limitações e foi por isso que a desclassificara de um concurso em que ele era jurado. Leo era crítico de arte e a desclassificava todos os dias pelos mais diversos aspectos. Do mesmo modo, a desclassificava em todos os aspectos todos os dias. Francamente, aquilo não necessariamente a abalava.

Aborrecia mesmo era esperar anos a fio o amor da sua vida aparecer justamente na sua vida e aí, de repente, esse amor acabar com a sua vida (Gladys só tinha um único olho), como se nada nunca fosse dotado de importância (alguma). O quanto de esperança você havia depositado naquele encontro? O pincel, a gilete, a loção da barba, tudo ali organizado, mas Leo não apareceu. Eram 3 horas da manhã, e Leo estava morto porque o carro capotou numa curva. Desde a cena em que Gladys sai do apartamento que dividia com a amiga em Washington, tudo o que me ocorria pensar era no quanto Gladys era burra. Uma mulher latina dotada de otimismos, fantasias e esperanças demais, todas completamente irrealizáveis, burra, saindo para andar na noite escura do país estrangeiro. Esperançosa demais, jovem demais, burra demais. Daí um cara aparentemente portador de problemas neurológicos apareceu, a violentou e aí ela gritou instintivamente, explicou Puig, mas o homem assustou-se e a golpeou forte na cabeça com um cassetete dentado fazendo um dos olhos de Gladys saltarem da cara. Muito burra. A polícia descobriu que Leo era um assassino misógino, e agora ele estava morto. Nunca haveria nada daqueles momentos belíssimos dos filmes. Aqueles filmes a que a personagem obsessivamente assistia.

* * *

Meses depois.

Um pouquinho só de deslocamento de ar... e eu pedindo me fode, me fode em exatos três minutos após te ver pela primeira vez. Sexo nunca tinha sido realmente importante. Sexo sempre era um serviço importante a fazer, como lavar os banheiros: exigia regularidade e dedicação. *Bonus track*, havia aquele prazer imenso de ver a tarefa cumprida, havia aquela paz. Mas a paz, ela é supervalorizada.

* * *

Nunca tinha te visto e aí eu te vi e aí pensei que não era possível que duas crianças problemáticas tivessem se tornado dois adultos muito deslocados e tão atraentes, e esses adultos iam se esbarrar por conta de algoritmos.

Primeiro teve um abraço. Não, primeiro eu estava pensando que não pintei as unhas e saí de bicicleta pra esquecer a sua voz e só aí perdi a hora até a hora em que você chegou e eu falei que não ia descer. Não vou! Fiquei falando pro espelho. Porque eu não podia passar por aquela porta novamente e acreditar em qualquer coisa boa novamente. Principalmente nas coisas boas. Se não fosse um certo senso de compromisso, que considero extremamente caro, eu não teria ido. Se não fosse uma certeza bastante lógica de que aquele era o único trânsito possível, eu não teria ido. Talvez nem seja possível explicar como passei pelo mesmo corredor onde fiquei caída numa noite. Pisei em estranhas fronteiras naquela hora dessa pessoa que era eu, mas não. Talvez desse essa impressão porque faltavam uns pedacinhos da cabeça, aqui ou ali, da porcelana, talvez faltasse um olho, mas era imperceptível. Eram fronteiras de uma nova personagem.

* * *

Você estava parado ao lado do carro dourado, e, sem aviso, tudo ficou suspenso. Tudo era inútil. Fico sempre todo o tempo tão preocupada, imagino que, de uma hora pra outra, o mundo vai se precipitar numa fatalidade em forma de um telefonema dizendo as piores coisas, mas não me preocupei ali. Com mais nada. As fatalidades foram suspensas? Acho que era por conta das três toneladas de coincidências e das falas pontuadas por silêncios, pontuadas por desejos excessivos. Numa análise óbvia, seríamos amigos constantes e talvez velhos amantes. Você estaria aqui, se eu pedisse. Eu estaria lá, se você precisasse. Foi por isso que cheguei perto, bem perto. Era tudo muito lindo em você, como os brincos pretos, a roupa, a placa do carro, os braços, o olho sorrindo. Teve um abraço desmontado, e rimos na rua. Aquelas crianças que alguém deixou elas sozinhas tempo demais e mostraram ou disseram coisas a elas que nunca deveriam ter sido ditas ou presenciadas por nenhuma criança. Existem diversas falhas na proteção do que há de frágil.

* * *

Entramos. A luz de presença do corredor acendeu e apagou umas mil vezes. Queria ter contado exatamente quantas. Lavei as mãos porque era o apocalipse. Desliguei a torneira e dei dois passos pra trás numa coreografia torta dos primeiros encontros definitivos. Fiquei assustada porque, se você era simplesmente um gostoso da porra usando máscara, imagina então sem máscara? E aí todo mundo tirou a máscara porque, de repente dávamos sorte no apocalipse, e, talvez, ninguém precisaria efetivamente morrer naquela noite. Ele disse que minhas fotos eram uma coisa e eu era outra e que as fotos haviam sido injustas comigo. Em seguida ele perguntou se era verdade aquela história daquele texto em que eu falava sobre ter passado fome, e respondi que era, e ele disse que aquilo o deixara triste e então ele disse uma coisa muito trágica que havia acontecido com ele, encostado no azulejo branco da cozinha entre a tomada e o interfone. Nossa! Eu... sinto muito! Meus dedos buscavam segurar um copo de água, mas tudo tremia demais porque não fazia sentido algum você ali nos azulejos. O copo balançava sozinho com a água. Foi nesse momento que me veio a decisão de caminhar para um pouco mais longe a fim de tomar distância e encontrar espaço para o raciocínio. Algo era incondizente, e era urgente o reencontro da lógica. Por que ele tinha tocado meus dedos com as próprias mãos e capturado minha mão enquanto caminhávamos para a entrada?

Usando passos largos, achei a saída da cozinha, infelizmente passando por aquela espécie de estátua que era muito alta (estacionada na parede por Michelangelo em pessoa), aí ele anunciou com a tranquilidade que deve ser típica das estátuas, ele anunciou que me daria um beijo, acrescentando o advérbio *agora* na marcação necessária do tempo. O problema é que eu seguia sem compreender aquelas marcações de cena e fiquei uns segundos bem longos paralisada entre o antes e o depois. Ficção. Realidade. Um material caótico e bizarro necessário ao impossível! Então os pés se mexeram sozinhos indo procurar um lugar para fugir, porque era necessário me esconder com meus dentes batendo violentamente uns contra os outros. Advérbio: agora. Ele segurando minha cabeça, e tudo virando uma armadilha, pedindo calma *tec tec tec* pisando descalço no porcelanato, e aí eu estava na parede, mas era impossível que existisse tal coisa, ele olhava como se fosse mergulhar em mim. Ficção. Consegue entender agora? Ele mentiu para todos quando disse que não era nada demais. Só um beijo. Mentiu.

* * *

Três minutos depois era eu com pernas espalhadas por você. Litros de suor e gosto de te lamber pra ir parar numa praia vazia. Uns iates passando lá longe e tem um... e um... e você me jogando na areia molhada, minha língua nas pedras: seu pescoço, seu ombro, seu peito. Me fode, me fode, mas o som não existe na minha boca porque estou tremendo muito cada vez que você mete. Seu nome desaparece. Movimento os lábios, seu nome não sai. Penso em deuses lúgubres e musicais, peço a eles que você não diga o meu (nome) sob o risco de desabamento. Pressinto o perigo de estar tão perto de... e de... Seus olhos misturando minha visão. As ondas sonoras começaram a reverberar em descompasso cada vez mais alto, o que me assustou absurdamente porque os ruídos e os arrepios propagavam num corpo que começava a dançar perfeitamente bem sozinho, e o corpo — em sua beleza intrigante que eu ia observando — era extremamente barulhento, de forma que me assustei bastante e cobri minha boca com as mãos. O corpo por vezes era inadequado, sempre foi assim, e o controle deve ser estabelecido; o homem empurrava minhas mãos com o queixo feito um cão, e me perguntei infinitamente o que estaria acontecendo. A dança, o corpo dele quente, macio e ágil pedindo pra eu largar aquela pequena estrutura concreta onde eu precisava estar segurada, no silêncio, na paralisia, no pavor. A dança. Você pesando em cima de mim e facilmente afastou minha mão do rosto. Com a própria mão. Pensei que você fosse pegar um travesseiro e jogar sobre minha cabeça pros gemidos ficarem mais contidos, ensurdecidos. Por que você fez aquilo de ficar me falando aquelas coisas, que tinha sonhado que me comia assim? Existia um prazer. Sua boca parece que entendeu que existia um prazer e que eu estava com grande medo de toda a queda, e o rosto chegou bem perto do meu ouvido, e a voz disse assim: grita.

Finalmente. As pernas espalhadas por você. As pernas prenderam seu pescoço. Me fode mais forte, mais forte. Você entra em mim tão fácil, e quanto tempo faz exatamente que te quero? Eu te amo há muito tempo, você disse. Tudo já mudou de lugar, e agora corta a cena. Você em desespero, e eu poderia ter te ajudado, mas não ajudo, te ofereço o inferno. Você busca auxílio, mas já estou novamente em cima dos seus quadris sorrindo: impiedosa. Os sons pouco espaçados, os sons colados. Você implora algo, enquanto eu danço possuída pela novidade de um êxtase e encontro muita delícia assistindo aos efeitos da minha buceta recebendo seu corpo que agora vai gozando no meu corpo. Nada disso irá causar dor alguma. Disseram é que nunca mais recuperamos o juízo, e tudo o que bastou foi um pequeno lapso, um pequeno deslize.

* * *

A personagem pegou as cartas embaixo da porta e depois correu pra impedir a chuva de entrar na sala, junto com folhas secas, muito apressadamente. O bom é que refrescou.

Aquela sensação de tudo se mexer quando tudo estava parado ainda permanecia. O cara era tipo um mar muito violento, e eu provavelmente tinha ficado tempo demais dentro da água. Era difícil acostumar com o lance de estar em terra firme. Foi nisso que pensou naquele dia quando mergulhou na praia sentindo o sal e a surra das ondas carregando tudo o que poderia haver.

Passei os dedos no meu rosto, e o suor correu livre, aos montes, por cima de toda a felicidade que eu nem sabia que existia. Assim, nunca tinha sido.

PRISCILLA DE OLIVEIRA

nasceu na cidade do Rio de Janeiro, na beira da Baía da Guanabara, em 1984. Cresceu em São Gonçalo, região metropolitana. Na periferia das coisas, conviveu com livros diversos, exemplares doados ou roubados. Escrevia. É mestra em História pela UFRJ, mas tornou-se cerimonialista de casamentos. É uma dona de casa comum. Na escrita, encontra um ofício do qual não saberia se desvencilhar.

este livro foi editado

no outono

de 2023